中世文学十五講

小井土　守敏
平藤　幸
岩城　賢太郎

翰林書房

武士階級の台頭と貴族の没落、たび重なる戦乱と末法思想――。中世という時代はそこに生きた人々に、価値観の大きな転換を迫りました。『平家物語』を引くまでもなく、目の前で大切な人や物が損なわれていく現実に、人々は「無常」なるものを実感したことでしょう。しかし彼等は、下を向いてばかりではありませんでした。無常さえも肯定的に受け入れ、つかの間の平和を楽しみ、多様な文芸を創り出しました。それは中世人《ちゅうせいびと》のあふれんばかりのエネルギーです。

本書は、日本中世文学の初学者を対象として、私ども編者がこれだけは読んでほしい作品、あるいは場面を、絞りに絞って十五回の講座にまとめたものです。そもそも、かくも多様な中世の文学を十五講に収めることなど不可能です。中世の「知」とも言える五山文学や歴史評論、法語などは省かざるを得ませんでした。その一方で、『今昔物語集』を本書に収めたのは、ひとつの冒険です。『今昔物語集』は、確かに平安時代の成立かもしれません。しかしこの作品が湛えている空気は、もはや中古のそれではないでしょう。ここに、「中世とは何か――」、そんな問いも生じてくるはずです。

本書は中世文学のほんの入り口にすぎません。本書を通して、中世文学の楽しさに触れてもらえたら幸いです。

編者

中世文学十五講　目次

凡例

一、本書は、大学・短期大学における中世文学講読・中世文学史用のテキストとして編集した。
一、読解の手引きとして、各作品の略解題を設けた。
一、依拠した本文は、学生が図書館等で手に取りやすいものとし、各作品の略解題末尾に明示した。
一、用字は原則として依拠本文に従ったが、読解の便を意図して一部改めた部分もある。
一、頭注欄に略注を付した。

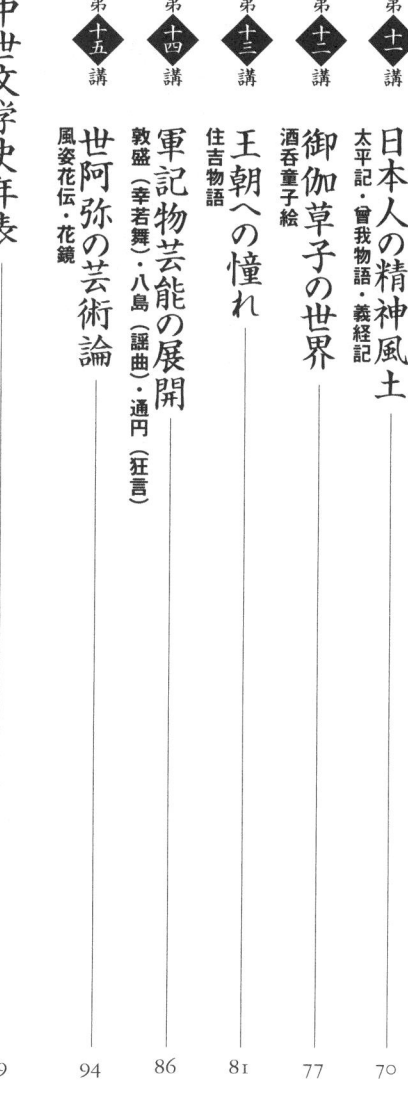

第一講　和歌の革新と尖鋭

勅撰集◆ちょくせんしゅう

それぞれの勅撰集の成立年・下命者・撰者等は、10ページの一覧参照。『千載和歌集』は、和歌を歴史的に捉えた実質的に中世最初の勅撰集である。『新古今和歌集』は、八代集の掉尾として王朝和歌の集大成であるとともに、新しい中世和歌の始発でもある。『玉葉和歌集』は、伝統和歌の停滞に清新さを開く前期京極派の集成、『風雅和歌集』はその京極派和歌の結晶と言える。

『千載和歌集』『新古今和歌集』の本文は新日本古典文学大系（岩波書店）、『玉葉和歌集』『風雅和歌集』の本文は新編国歌大観（角川書店）による。

千載和歌集◆せんざいわかしゅう

故郷の花といへる心をよみ侍りける　　　　よみ人しらず①

66　さざ浪や志賀《しが》②の都は荒れにしを昔ながらの山桜かな　（巻一・春上）

暁郭公《ほととぎす》を聞くといへる心をよみ侍りける　　　　右のおほいまうち君

161　郭公③なきつるかたをながむればただ有明《ありあけ》の月ぞ残れる　（巻三・夏）

①実際は平忠度の歌。朝敵となったので隠名。「平家物語」七「忠度都落」参照。
②天智天皇の大津京。
③「有明の月だにあれや時鳥ただ一声の行く方も見む」（後拾遺・夏・藤原頼通）に倣う。

（百首歌たてまつりける時、恋の心をよめる）

802 ④長からん心も知らず黒髪《くろかみ》の乱れて今朝は物をこそ思へ　待賢門院堀川（巻一三・恋三）

題知らず

1137 おほけなく憂き世の民におほふかなわが立つ⑤杣《そま》の墨染《すみぞめ》の袖　法印慈円（巻一七・雑中）

新古今和歌集《しんこきんわかしゅう》◆

守覚法親王、五十首歌よませ侍りけるに

38 ⑥春の夜の夢の浮橋とだえして峰にわかるる横雲の空　藤原定家朝臣（巻一・春上）

摂政太政大臣家に五首歌よみ侍りけるに

114 ⑦またや見ん交野《かたの》のみ野の桜がり花の雪ちる春の曙　皇太后宮大夫俊成（巻二・春下）

題知らず

361 ⑧寂しさはその色としもなかりけり真木たつ山の秋の夕暮　寂蓮法師（巻四・秋上）

362 心なき身にも哀れは知られけり鴫《しぎ》立つ沢の秋の夕暮　西行法師（同）

西行法師すすめて百首歌よませ侍りけるに

363 見わたせば花も紅葉もなかりけり浦のとまやの秋の夕暮　藤原定家朝臣（同）

④「黒髪の乱れも知らずうち臥せばまづかきやりし人ぞ恋しき」（後拾遺・恋三・和泉式部）を踏まえる。

⑤比叡山延暦寺。「阿耨多羅三《あのくたらさん》藐三菩提《みゃくさんぼだい》の仏達我が立つ杣《そま》に冥加あらせたまへ」（和漢朗詠集・仏事・最澄）に拠る。

⑥本歌「風吹けば峰にわかるる白雲のたえてつれなき君が心か」（古今・恋二・忠岑）。「夢浮橋」（源氏物語）を踏まえ、「朝雲暮雨」の故事（文選・一九・高唐賦）の面影もある。

⑦『伊勢物語』八二を踏まえる。参考「桜狩雨は降りきぬおなじくは濡るとも花の影に隠れむ」（拾遺・春・読人不知）、「霰《あられ》降る交野の御野の狩衣濡れぬ宿借す人しなければ」（詞花・冬・長能）。

⑧以下の三首を、室町頃から「三夕の歌」と呼ぶ。

⑨本歌「さ夜ふくるままに汀や凍るらむ遠ざかりゆく志賀の浦波」（後拾遺・冬・快覚）。

491 五十首歌たてまつりし時
村雨の露もまだ干《ひ》ぬ真木の葉に霧立ちのぼる秋の夕暮
寂蓮法師
（巻五・秋下）

639 摂政太政大臣家歌合に、湖上の冬の月
志⑨賀の浦や遠ざかり行く浪間より氷りて出《い》づる有明の月
藤原家隆朝臣
（巻六・冬）

1034 百首歌の中に忍ぶ恋を
玉⑩の緒よ絶えなば絶えねながらへば忍ぶることの弱りもぞする
式子内親王
（巻一一・恋一）

玉葉和歌集◆ぎょくようわかしゅう

213 題知らず
入相《いりあひ》の声する山の影暮れて花⑪の木《こ》の間に月出《い》でにけり
永福門院
（巻二・春下）

419 夏歌の中に
枝⑫に洩《も》る朝日の影の少なさに涼しさ深き竹の奥かな
前大納言為兼
（巻三・夏）

628 稲妻を
宵《よひ》⑬の間の群雲《むらくも》伝ひ影みえて山の端《は》めぐる秋の稲妻
院御製
（巻四・秋上）

1503 （恋歌の中に）
さ⑭てしもは果てぬ慣らひのあはれさのなれ行くままになほ思はるる
従三位親子
（巻一一・恋三）

⑩本歌「玉の緒の絶えて短き命もて年月長き恋もするかな」（後撰・恋二・貫之）。
⑪空隙の叙景が京極派の特徴。「飽かず見る花の木の間をもる月に面影とめよ雲の上人」（続古今・春下・実氏）に拠る。
⑫繊細な明暗の叙景と共感覚。
⑬光の明滅の叙景。参考「宵の間の月待つほどの雲間より思はぬ影を見する稲妻」（六百番歌合・秋・稲妻・季経）。
⑭心理分析が京極派の特徴。「辛くともさてしも果てじ契りしにあらぬ心もさだめなければ」（続古今・恋四・式子内親王）を念頭に置く。
⑮「村雲騒がしく、ひとへに曇り果てぬものから、むらむら星うち消えしたり…丑二つばかりにやと思ふ程に、引き退けて空を見上げたれば、ことに晴れて浅葱色なるに、光ことごとしき星の大きさなるが、むらもなく出でたる」（建礼門院右京大夫

三十首めされし時、暁雲を　従三位為子

2138 ⑮むらむらに雲の分かるる絶え間より暁しるき星出《い》でにけり　（巻一五・雑二）

風雅和歌集《ふうがわかしゅう》◆

百首歌中に　太上天皇

129 ⑯つばくらめすだれの外にあまた見えて春日のどけみ人影もせず　（巻二・春中）

（題知らず）　徽安門院

409 ⑰行き悩み照る日苦しき山道に濡るるともよしや夕立の雨　（巻四・夏）

恋歌に　儀子内親王

1180 ⑱我と人あはれ心のかはるとてなどかは辛きなにか恋しき　（巻一二・恋三）

恋の心を　永福門院

1233 ⑲今日はもし人もや我を思ひ出《い》づる我もつねより人の恋しき　（巻一三・恋四）

薬王品、是真精進、是名真法供養如来といへる心をよませたまひける　院御歌

2056 ⑳つばめなく軒端の夕日影消えて柳にあをき庭の春風　（巻一八・釈教）

集）の景趣を詠出。

⑯本文「春日遅し日遅くして独り坐すれば天暮れ難し。宮鶯百囀愁へて聞くを厭ひ、梁燕双栖老て妬むを休む」（白氏文集・上陽白髪人）。参考「住みなれし人影もせぬわが宿に有明の月の幾夜ともなく」（新古今・雑上・和泉式部）。

⑰「行き悩む牛の歩みに立つ塵の風さへ暑き夏の小車《をぐるま》」「立ち上り南の果てに雲はあれど照る日くまなき頃の大空」（玉葉・夏・定家）に拠る。

⑱恋心の葛藤。本歌「我ながらさももどかしき心かな思はぬ人は何か恋しき」（拾遺・恋二・読人不知）。

⑲普遍的な恋心。京極派の恋歌の到達点。「今日はもし君もや訪《と》ふとながむれどまだ跡もなき庭の雪かな」（新古今・冬・俊成）に拠る。

⑳釈教歌ではあるが、叙景歌としても典型的な京極派風。

勅撰集一覧

時代	呼称		順	書名	成立	撰進下命者	撰者	巻	歌数
平安	二十一代集	八代集（三代集）	1	古今和歌集	延喜5（九〇五）年	醍醐天皇	紀友則・紀貫之・凡河内躬恒・壬生忠岑	20	一一一一
平安	二十一代集	八代集（三代集）	2	後撰和歌集	天暦5（九五一）年	村上天皇	梨壺の五人（源　順・清原元輔・坂上望城・紀時文・大中臣能宣）	20	一四二五
平安	二十一代集	八代集（三代集）	3	拾遺和歌集	寛弘2～4年間（一〇〇五～一〇〇七年）	花山院	花山院（拾遺抄は公任）	20	一三五一
平安	二十一代集	八代集	4	後拾遺和歌集	応徳3（一〇八六）年	白河天皇	藤原通俊	20	一二二九
平安	二十一代集	八代集	5	金葉和歌集	大治2（一一二七）年	白河院	源　俊頼	10	七一七
平安	二十一代集	八代集	6	詞花和歌集	仁平元（一一五一）年？	崇徳院	藤原顕輔	10	四一五
平安	二十一代集	八代集	7	千載和歌集	文治4（一一八八）年	後白河院	藤原俊成	20	一二八八
鎌倉	二十一代集	八代集	8	新古今和歌集	元久2（一二〇五）年	後鳥羽院	源　通具・藤原有家・藤原定家・藤原家隆・藤原雅経・寂蓮	20	一九七八
鎌倉	二十一代集	十三代集	9	新勅撰和歌集	嘉禎元（一二三五）年	後堀河天皇	藤原定家	20	一三七四
鎌倉	二十一代集	十三代集	10	続後撰和歌集	建長3（一二五一）年	後嵯峨院	藤原為家	20	一三八一
鎌倉	二十一代集	十三代集	11	続古今和歌集	文永2（一二六五）年	後嵯峨院	藤原為家・藤原基家ら	20	一九一五
鎌倉	二十一代集	十三代集	12	続拾遺和歌集	弘安元（一二七八）年	亀山院	二条為氏	20	一四五九
鎌倉	二十一代集	十三代集	13	新後撰和歌集	嘉元元（一三〇三）年	後宇多院	二条為世	20	一六〇七
鎌倉	二十一代集	十三代集	14	玉葉和歌集	正和2（一三一三）年	伏見院	京極為兼	20	二八〇〇
鎌倉	二十一代集	十三代集	15	続千載和歌集	元応2（一三二〇）年	後宇多院	二条為世	20	二一四三
鎌倉	二十一代集	十三代集	16	続後拾遺和歌集	嘉暦元（一三二六）年？	後醍醐天皇	二条為藤・二条為定	20	一三五三
南北朝	二十一代集	十三代集	17	風雅和歌集	貞和5（一三四九）年	花園院	光厳院（花園院監修）	20	二二一一
南北朝	二十一代集	十三代集	18	新千載和歌集	延文4（一三五九）年	後光厳天皇	二条為定	20	二三六五
南北朝	二十一代集	十三代集	19	新拾遺和歌集	貞治3（一三六四）年	後光厳天皇	二条為明・頓阿	20	一九二〇
南北朝	二十一代集	十三代集	20	新後拾遺和歌集	至徳元（一三八四）年	後円融天皇	二条為遠・二条為重	20	一五五四
室町	二十一代集	十三代集	21	新続古今和歌集	永享11（一四三九）年	後花園天皇	飛鳥井雅世	20	二一四四

私家集《しかしゅう》◆

『山家集』は、西行（一一一八〜一一八九）の家集。一五五二首。原型は西行が自撰して俊成に見せ、西行自身か後人の手による増補で現在の形になるか。晩年の歌は含まない。他に、晩年の歌を含む『西行上人集』（西行法師歌集・異本山家集とも）、最晩年の歌を含む『聞書集』、『聞書集』と一連して六家集本『山家集』を補遺する『残集』、『山家集』から秀歌を自撰した『山家心中集』がある。西行の和歌と人生とを知る根本資料。

『金槐和歌集』は、源実朝（一一九二〜一二一九）の家集。「鎌倉右大臣家集」とも。「金」は鎌倉の「鎌」の偏、「槐」は大臣の意味。定家所伝本（六三三首）は、建暦三年（建保元年。一二一三）一二月一八日成立。他に、流布本として貞享四年刊本がある。古歌詞を自在に組み合わせる実朝の詠法が窺われる。アララギの歌人達に称揚された。以上の本文は新潮日本古典集成（新潮社）による。

山家集《さんかしゅう》◆

（花の歌あまたよみけるに）

71 ひきかへて花見る春は夜はなく月見る秋は昼なからなん

78 仏①には桜の花をたてまつれわが後《のち》の世を人とぶらはば

（月）

628 嘆②けとて月やは物を思はするか③こち顔なる我が涙かな

①「願はくは花のしたにて春死なんそのきさらぎの望月の頃」（山家集・七七。第七講「古今著聞集」参照）と共に、信仰と自我を一体にした桜花讃美。

②「月やあらぬ春や昔の春ならぬわが身ひとつはもとの身にして」（古今・恋五・業平、伊勢物語・四）。

1070 国々廻り回りて、春かへりて、④吉野の方《かた》へ参らんとしけるに、人の、「このほどはいづくにか跡とむべき」と申しければ
花を見し昔の心改めて吉野の里に住まんとぞ思ふ
⑤十月十二日、⑥平泉《ひらいづみ》にまかり着きたりけるに、雪降り、嵐激しく、ことのほかに荒れたりけり。いつしか衣河《ころもがは》みまほしくて、まかりむかひて見けり。河の岸に着きて、⑦衣河の城しまはしたる、事柄やう変りて物を見る心地しけり。汀《みぎは》氷りてとりわき冴えければ
1131 とりわきて心もしみて冴えぞわたる⑧衣河見に来たる今日しも
⑨白峯《しろみね》と申しける所に、御墓《みはか》の侍りけるに、参りて
1355 よしや君昔の⑩玉の床とてもかからん後《のち》は何にかはせん

金槐和歌集◆きんかいわかしゅう

⑪建暦元年七月、洪水天に漫り《はびこ》、土民愁嘆せんことを思ひて、ひとり本尊に向かひたてまつり、いささか祈念を致して曰く
619 時により過ぐれば民の歎きなり⑫八大龍王雨やめたまへ
山の端《は》に日の入《い》るを見てよめる

③他のせいにする風。「…顔」は西行が好んだ言い方。
④西行が庵居した場所。
⑤文治二年（一一八六。西行六九歳）か。
⑥現岩手県南部。奥州藤原氏が栄華を誇った地。文治五年源頼朝の奥州攻めで、同氏は滅亡。
⑦平泉のやや北を流れる衣河のほとりにあった、奥州藤原氏の館。藤原秀衡を頼った源義経の居館となったが、文治五年、義経は秀衡息泰衡に襲われ自刃。
⑧ずっと（冴え）続けるの意と、川を渡る意の掛詞。「衣河」と縁語。
⑨讃岐国。西行の旧主崇徳院の陵墓があった。
⑩帝位を寓意。
⑪一二一一年。
⑫雨をつかさどる八種の大龍王、難陀・跋難陀・娑伽羅《しゃがら》・和修《わしゅ》吉《きつ》・徳叉迦《とくしゃか》・阿那婆達多・摩那斯《まなし》・優鉢羅《うはつら》。特に第三の娑伽羅が古来請雨法の本尊とされる。
⑬布を幾度も染料の溶液に漬け

633 紅《くれなゐ》の⑬千入《ちしほ》のまふり山の端に日の入る時の空にぞありける

箱根の山をうち出でてみれば、波の寄る小島あり。「供の者、この海の名は知るや」と尋ねしかば、「伊豆の海となむ申す」とこたへ侍りしを聞きて

639 箱根路⑭をわれ越えくれば伊豆⑮の海や沖の小島に波の寄る見ゆ

荒磯に波の寄るを見てよめる

641 大海《おほうみ》⑯の磯もとどろに寄する波破《わ》れて砕けて裂けて散るかも

(⑰太上天皇御書下し預りし時の歌)

663 山⑱はさけ海は浅《あ》せなむ世なりとも君にふた心我があらめやも

て濃く振り染めにすること。特に朱・紅に染める場合にいうので「血潮」の印象も想起される。

⑭実朝は、本歌「逢坂を打ち出でて見れば近江《あふみ》の海白木綿花《しらゆふはな》に波立ち渡る」(万葉集・一三・雑歌・作者未詳)の「近江」に「逢ふ(見)」が掛かると解したか。

⑮「出づ」と「伊豆」の掛詞。

⑯万葉集の「大海の磯もとゆすり立つ波の寄らむと思へる浜の清けく」(七・雑歌・作者未詳)、「伊勢の海の磯もとどろに寄する波恐き人に恋ひ渡るかも」(四・相聞・笠郎女)、「聞きしより物を思へばあが胸は割れて砕けて利心もなし」(一二・正述心緒)の詞を合わせる。実朝の詠作法の典型。

⑰後鳥羽院。

⑱新勅撰・雑二・ひとり思ひを述べ侍りける歌。増鏡・新島守。参考「鯨魚取《いさなと》り海や死にする山や死にする死ぬれこそ海は潮干《しほひ》て山は枯れすれ」(万葉集・一六・有由縁并雑歌)。

第二講

歌道の追究

中世の歌論《ちゅうせいのかろん》

『古来風体抄』は、藤原俊成（一一一四～一二〇四）の歌論書。初撰本は、建久八年（一一九七）七月成立。式子内親王の命で献じたという。再撰本は、建仁元年（一二〇一）正月に成るか。和歌を史的に叙述して、姿・詞の善し悪しの価値観を中心に論じる。

『近代秀歌』は、藤原定家（一一六二～一二四一）の歌論書。初撰本は、承元三年（一二〇九）に源実朝への遣送本として成る。後に改撰。和歌史の批評と作歌の方法と技術論及び秀歌例からなる。

『詠歌大概』は、定家の考えを最も簡要に示す歌論書。承久三年（一二二一）の承久乱以後間もなく、後鳥羽院皇子尊快法親王に宛てて成るか。漢文体の作歌原理・歌詞の規制・稽を示す歌論と一〇三首の秀歌例「秀歌体大略」とからなる。以上の本文は新編日本古典文学全集（小学館）による。

『為兼卿和歌抄』は、京極為兼（一二五四～一三三二）の歌論書。原書名不明。現呼称は、現存本の外題による。弘安八年（一二八五）八月二七日～同一〇年正月七日に、皇太子煕仁親王（伏見天皇）に進覧すべく成り、未定稿的な性格で流布しなかったか。為兼は、本書で、唯識説を中心とする自己の理念を表出し、後にそれに見合う歌境を確立した点に特徴がある。本文は歌論歌学集成（三弥井書店）による。

古来風体抄《こらいふうていしょう》◆

上《かみ》、万葉集よりはじめて、中古、古今集・後撰・拾遺①、下《しも》、後拾遺②よりこなたざまの歌、時世《ときよ》の移《うつ》り行《ゆ》くに従《したが》ひて、姿《すがた》もことばも改《あらた》まりゆく有様《ありさま》を、代々の撰集に見えたるを、端々《はしばし》記し申すべきなり。

その後《のち》、奈良のみやこ、聖武天皇の御時になん、橘諸兄《たちばなのもろえ》の大臣《おとど》と申す人、勅を承り《みことのりうけたまは》て、万葉集③をば撰《せん》ぜられけると申し伝ふめる。その頃までは、歌の善き悪しきなど、強《し》ひて選ぶことは、なかりけるにや。公宴《こうえん》の歌も、私《わたくし》の家々の歌も、その席《むしろ》に詠める程の歌は、数のままに入りたるやうにぞあるべき。

その後《のち》、延喜聖《えんぎのひじり》の御時、紀友則、紀貫之、凡河内躬恒《おほしかふちのみつね》・壬生忠岑《みぶのただみね》などいふ者ども、この道に深かりけるを聞こし召して、勅撰あるべしとて、古今集は撰び奉らしめ給ひけるなり。この集の頃ほひよりぞ、歌の善き悪しきも、撰び定められたれば、歌の本体④には、ただ古今集を仰ぎ信ずべき事なり。万葉集より後《のち》、古今集の選ばるることは、代々隔《へだ》たり、年々《としどし》数積りて、歌の姿詞遣《ことばづか》ひも、殊《こと》の外《ほか》に変るべし。

①古今・後撰・拾遺の三代集を一括りとする意識。

②後拾遺集を和歌の歴史の転換点と見る意識。

③万葉集勅撰説。息子の定家はこれを継承しない。

④古今集を絶対的古典として発見した、歴史的言説。

その後《のち》、花山の法皇拾遺集を撰ばせ給ひて、古今・後撰二つの集に遺《のこ》れる歌を拾《ひろ》へる由《よし》にて、拾遺集と名付けられたるなり。

近代秀歌◆きんだいしゅうか

⑤詞は古きを慕ひ、心は新しきを求め、及ばぬ高き姿をねがひて、⑥寛平以往《くわんぺいいわう》の歌にならはば、自《おのづか》らよろしきこともなどか侍らざらむ。⑦古きをこひねがふにとりて、昔の歌の詞を改めずよみするゑたるを、即ち本歌とすと申すなり。

詠歌大概◆えいがのたいがい

⑧情《こころ》は新しきを以て先《さき》となし人のいまだ詠ぜざるの心、を求めて、これを詠ぜよ詞《ことば》は旧《ふる》きを以て用ゆべし詞は三代集の先達の用ゆる所を出づべからず。新古今の古人の歌は同じ。くこれを用ゆべし風体は堪能の先達の秀歌に効《なら》ふべし古今遠近を論ぜず、宜《よろ》しき歌を見てその体に効《なら》ふべし。

⑨常に古歌の景気を観念して心に染むべし。殊《こと》に見習ふべきは、⑩古今・伊勢物語・後撰・拾遺《しふゐ》・三十六人集の中の殊に上手の歌、心に懸《か》くべし人麿・貫之・忠岑・伊勢・小町等の類。和歌の先達にあらずと雖も、時節の景気・世間の盛衰、物の由《よし》を知らんが為に、⑪白氏文集の第一・第二の帙《ちつ》を常に握翫《あくぐわん》すべし深く和歌の心に通ず。

⑤詠歌の基本。一首は詞（言辞）と心（内容）から成り、その統合を姿と言う。古典の詞・新鮮な心・高尚な姿を希求する。
⑥宇多朝以前。大まかには古今集の入集歌の時代。
⑦本歌取説。前文の基本的詠歌論を承け、古歌詞をそのまま新歌に取り込んだ時に、その古歌を本歌とすると言う、と規定。
⑧近代秀歌の⑤に相当。「情」は「心」、「風体」は「姿」と同様。
⑨稽古論。「心に染む」ことは、父俊成も重視。
⑩総じて三代集の時代の歌を見習うことを説く。伊勢物語を歌集として古今集に次いで重視。
⑪白居易の作。父俊成も重視。
⑫高祖父俊成の古来風体抄の「上古の歌は、わざと姿を飾り

詞を磨かんとせざれども、代も上がり、人の心も素直にして、ただ詞に任せて言ひ出だせれども、心深く姿も高く聞こゆるなるべし」を承けるか。
⑬万葉集の歌の境地。
⑭以下の認識は、曾祖父定家の歌論と大きく異なる。唯識説に基づく価値観。「心」に任せて自由な「詞」で詠むということに帰結。
⑮先輩歌人が詠まない新奇な措辞。
⑯定家のこと。
⑰唯識説の「相応」の基本である「五遍行の心所」（触・作意・受・想・思）につくと、「花にても月にても、夜の明け日の暮るるけしきにても、その事に向きては（触）その事になり返り（作意）、そのまことを表し（受）、そのありさまを思ひとめ（想）、それに向きて我が心の働くやうをも（思）、心に深く預けて（相応）、心に詞を任するに（詠出）」となる。

為兼卿和歌抄《ためかねきょうわかしょう》◆

⑫万葉の比は心のおこる所のままに同じ事ふたたびいはるるをもはばからず、褻晴も無く、哥詞・ただのこと葉ともいはず、心のおこるに随ひてほしきままに云ひ出せり。

⑬是にたちならばんとむかへる人々の、⑭心をさきとして、詞をほしきままにする時、同じ事をもよみ、⑮先達のよまぬ詞をもはばかる所なくよめる事は、入道皇太后宮大夫俊成、京⑯極入道中納言、西行、慈鎮和尚などまで、殊におほし。

⑰花にても月にても、夜のあけ日のくるるけしきにても、その事にむきてはその事になりかへり、そのまことをあらはし、其のありさまをおもひとめ、それにむきてわがこころのはたらくやうをも、心にふかくあづけて、心にことばをまかするに、興有りおもしろき事色をのみそふるは、こころをやるばかりなるは、人のいろひ、あながちにくむべきにもあらぬ事也。

皇室系図

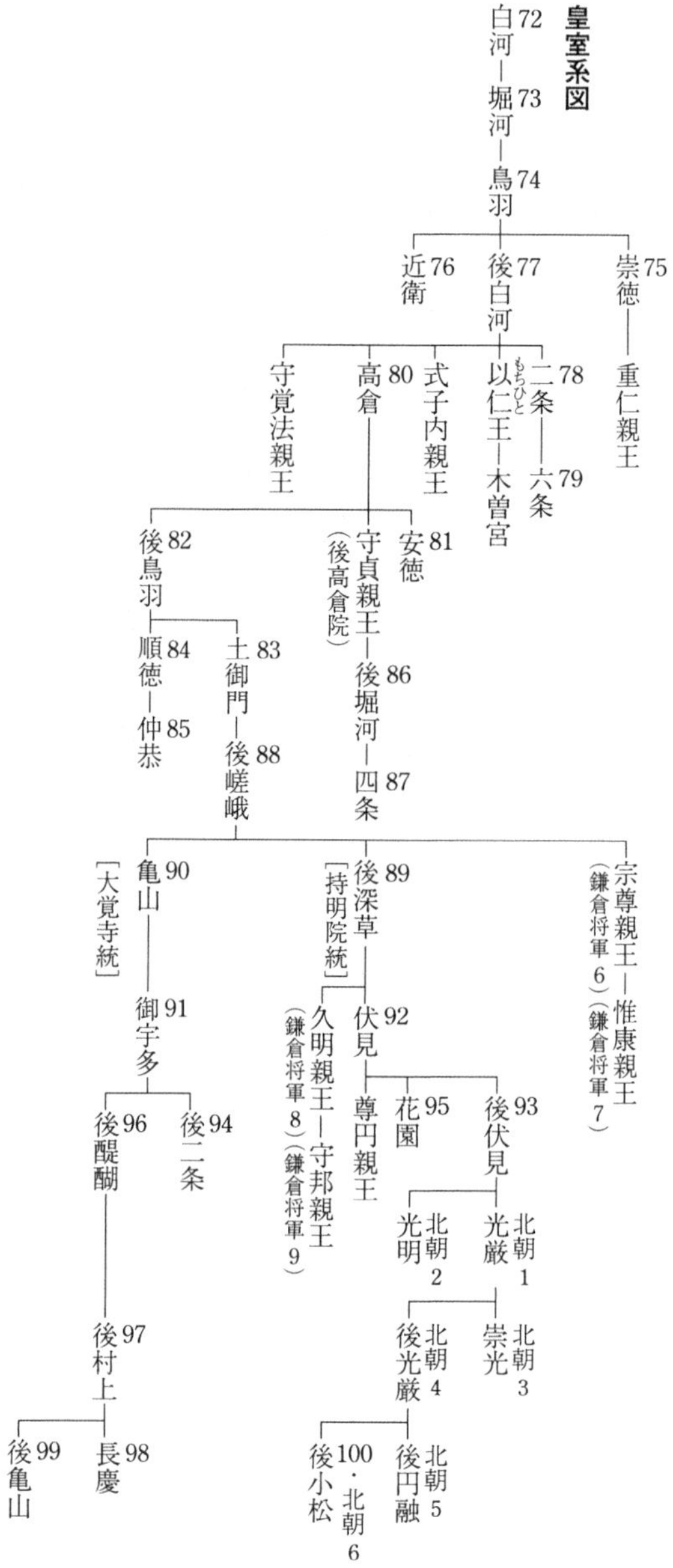

72 白河
73 堀河
74 鳥羽
75 崇徳
77 後白河
76 近衛
重仁親王
78 二条
以仁王《もちひと》
式子内親王
80 高倉
守覚法親王
79 六条
木曽宮
81 安徳
守貞親王（後高倉院）
82 後鳥羽
86 後堀河
87 四条
83 土御門
84 順徳
85 仲恭
88 後嵯峨
宗尊親王（鎌倉将軍6）
惟康親王（鎌倉将軍7）
89 後深草［持明院統］
90 亀山［大覚寺統］
92 伏見
久明親王（鎌倉将軍8）
守邦親王（鎌倉将軍9）
93 後伏見
95 花園
尊円親王
北朝1 光厳
北朝2 光明
北朝3 崇光
北朝4 後光厳
北朝5 後円融
100・北朝6 後小松
91 御宇多
94 後二条
96 後醍醐
97 後村上
98 長慶
99 後亀山

御子左家系図

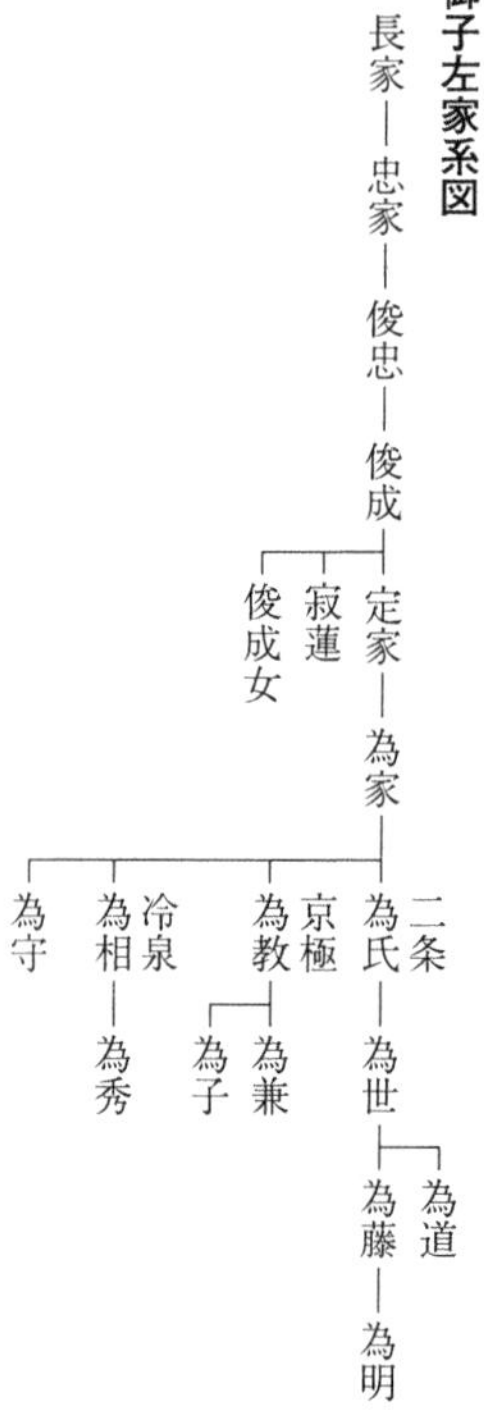

長家
忠家
俊忠
俊成
定家
寂蓮
俊成女
為家
二条 為氏
京極 為教
冷泉 為相
為守
為世
為道
為藤
為明
為兼
為子
為秀

第三講

連歌の隆盛

筑波問答《つくばもんどう》◆

連歌論。二条良基著。延文二年（一三五七）の『菟玖波集』以降、書陵部本系統の書写奥書の応安五年（一三七二）以前の成立。藤原定家・為家父子に教えを受けたという常陸国筑波の老人が問答に応ずるという鏡物の形態をとる。連歌史、連歌の効用と特質、発句・脇句の作句、連歌会の作法、式目等を体系的に説き、連歌の正当性を強く主張する。本文は新編日本古典文学全集（小学館）による。

一、問ひて云《い》はく、連歌はいづれの代より始まるにや。伝はれるさまもこまかに承り侍《はべ》るべし。

答へて云はく、古今仮名序に貫之《つらゆき》の書ける、①天《あめ》の浮橋《うきはし》のえびす歌と云ふは則《すなは》ち連歌なり。まづ、男神発句《をがみほっく》に、

あなうれしゑやうましをとめにあひぬ

とあるに、女神《めがみ》の付けてのたまはく、

あなうれしゑやうましをとこにあひぬ

①仮名序古注が記紀神話の男神・伊弉諾尊《いざなきのみこと》と女神・伊弉冉尊《いざなみのみこと》のまぐわいを和歌の起源と見、また下照姫《したでるひめ》を注する中に「えびす歌なるべし」の字句が見えることに因む表現らしい。

②五七五の発句《ほっく》でも七七の脇句でもないが、素晴らしい異性に逢ったと詠う二神の唱和として連歌と見る。

③先に翁は「常陸の筑波のあた

と付け給ふなり。歌②を二人して云ふを連歌とは申すなり。二《ふた》はしらの神の発句・脇句《わきく》にあらずや。この句、三十一字にもあらず短く侍るは、疑ひなき連歌と翁《おきな》心得て侍るなり。いにしへの明匠《めいしやう》たちにも尋ね申し侍りしかば、まことにいはれありとぞ仰せられし。また、連歌とて云ひ置きたるは、③さきに申し侍りつるやうに、日本紀《にほんぎ》に、景行《けいかう》天皇の御代《みよ》、日本武 尊《やまとたけのみこと》の東《あづま》の夷《えびす》しづめに向かひ給ひて、この翁がこの比《ころ》住み侍る筑波《つくば》を過ぎて、甲斐《かひの》国《くに》、酒折宮《さかをりのみや》にとどまり給ひし時、日本武尊御句に、

珥《に》比《ひ》磨《ば》利《り》菟《つ》玖《く》波《ば》塢《を》須《す》擬《ぎ》底《て》異《い》玖《く》用《よ》加《か》爾《ね》菟《つ》流《る》

すべて付け申す人なかりしに、④火をともす稚《をさな》き童《わらは》の付けて云はく、

伽《か》餓《が》奈《な》倍《べ》底《て》用《よ》珥《に》波《は》虚《こ》々《こ》能《の》用《よ》比《ひ》珥《に》波《は》菟《と》塢《を》伽《か》塢《を》

と申し侍りければ、尊褒《みことほ》め給ひけるとなん。その後、万葉集に入りたる家持卿《やかもちきやう》の、

⑤佐保《さほ》川《がは》の水せき入れて植ゑし田を

と云ふに、尼が、

刈る早稲《わさいね》はひとりなるべし

と付け侍る。かやうのことども次第に多うなりて、⑥拾遺《しふゐ》・⑦金葉《きんえふ》などよりは、勅撰《ちよくせん》に入り侍るなり。されど、ただ一句づつ云ひ捨てたるばかりにて、五十句、百句などに及ぶことはなかりき。

りの者なり。昔、日本武 尊《やまとたけのみこと》の、新治《にひはり》の郡《こほり》を過ぎて、甲斐の国酒折《さかをり》の宮にて連歌し給ひしあとも、いまだ侍る」と記紀の景行天皇の命を受けた日本武尊の東征について語っている。

④秉燭者《ひともしひと》（日本書紀・七）御火《みひ》焼之老人《たきのおきな》（古事記・中）

⑤尼の前句「佐《さ》保《ほ》河《がは》之《の》水《みづ》乎《を》塞上《せきあげ》而《て》…」家持の付句「苅《かれ》流《る》早飯《はついひ》者《は》…」（万葉集・八）。詠者が逆。

⑥拾遺集・雑賀に六首の連歌を収録。

⑦金葉集・雑下の後半に「連歌」を付す。

⑧第八二代天皇。在位は元暦元～建久九年。譲位後も和歌会や連歌会を催行。

⑨後文で翁は、賦物連歌《ふしものれんが》について「昔は二字反音《へんおん》・三字の中略・物の名など、後鳥羽院御時はことさら賦物を御好みありき」と言う。

⑩加点に応じて出る賞品。

⑪明月記建永元年（一二〇六）八月九日条等参照。

⑫柿本人麻呂に因み「有心」とも言われる連歌用語。
⑬柿からの連想らしく「無心」とも言われる連歌用語。
⑭「有心」は和歌的な発想や表現による深い意味内容のある作風等、「無心」はその対で機知滑稽を主とする作風等をいう歌学用語。
⑮以下、後嵯峨院時代以降の連歌史が語られる。

しかあるに、⑧後鳥羽院《ごとばゐん》建保《けんぽう》の比より、⑨白黒また色々の賦物《ふしもの》の独《ひと》り連歌を、定家《ていか》・家隆《いへたか》卿などに召され侍りしより、百韻などにも侍るにや。また、さまざまの⑩懸物《かけもの》など出《い》だされて、おびたたしき御会《ぎよくわい》ども侍りき。⑪よき連歌をば⑫柿本《かきのもと》の衆《しゆう》と名付けられ、悪《わろ》きをば⑬栗本《くりのもと》の衆とて、別座に着きてぞし侍りし。⑭有心無心《うしんむしん》とて、うるはしき連歌と狂句とを、まぜまぜにせられしことも常に侍り。土御門院《つちみかどゐん》・順徳院《じゆんとくゐん》などの御製は、ことに比類なくぞ承り置き侍りし。⑮

水無瀬三吟《みなせさんぎん》◆

連歌は複数の作者が一座して作り、かつ鑑賞する詩歌で中世に盛行した。『水無瀬三吟』は宗祇とその高弟肖柏・宗長による三吟で、後鳥羽院の水無瀬御廟に奉納された法楽連歌。同じ三人による『湯山三吟』と共に古来、純正連歌の規範とされた。百韻の長連歌で、初折・二折・三折・名残折の四枚の懐紙の表裏に百句を配して記録された。本文は新潮日本古典集成（新潮社）による。

①賦何人連歌《ふすなにひとれんが》　長享二年正月二十二日②

1　(初表)
雪ながら山③もとかすむ④夕《ゆふべ》かな　宗祇⑤

①発句に「人」という言葉を取る景物を詠むという条件で、これを賦物《ふしもの》という。「何人」の「何」に発句の「山」が入り「山人」の雅語となるが、この時代の賦物は既に形式的な標題程度のものとなっていた。

②一四八八年。この年は後鳥羽院没後二五〇年目で、二二日は院の月忌に当たる。
③見渡せば山もと霞む水無瀬川夕べは秋となに思ひけん（新古今・春上・後鳥羽院）
④発句は百韻が催される季の季語を詠み込み切字を備え、内容・形に独立性を要す。
⑤一四二一～一五〇二年。寛正二年に独吟百韻を詠んだがそれ以前の事蹟は不明。連歌は宗砌《そうぜい》、心敬《しんけい》等に、和歌は飛鳥井雅親《あすかいまさちか》に、有職故実を一条《いちじょう》兼良《かねら》等に師事し、東常縁《とうのつねより》より古今伝授を受けた。応仁・文明期頃から越後や山口等諸国へ下向し古典講義等も行う。『新撰菟玖波集《しんせんつくばしゅう》』の中心的撰者であり、連歌中興の祖。
⑥二句を脇《わき》、三句を第三《だいさん》といい、変化・展開が要求される。四句以下は平句《ひらく》という。
⑦みなせ河ありて行く水なくばこそつひにわが身を絶えぬとおもはめ（古今・恋五・読人不知）
⑧我が園に梅の花散るひさかたの天《あめ》より雪の流れ来るかも（万葉集・五・大伴旅人）により関連づけられ、前句《まえく》の雪と付句《つけく》の梅が寄合《よりあい》。
⑨一四四三～一五二七年。牡丹花と号す。村上源氏中院家の出で内大臣通秀の異母弟。宮廷生活や建仁寺への参禅により古典や歌学を学ぶ。文明一四年（一四八二）に宗祇より古今伝授を受け、准勅撰連歌集『新撰菟玖波集』編纂にも協力。
⑩詞、意味、寄合等による前句と付句との関連やその手法を付《つけ》合《あい》という。この第三は前句の行く水に川と付く。
⑪一四四八～一五三二年。柴屋軒《さいおくけん》と号す。駿河国の鍛冶職の子

2⑥ 行⑦く水とほく梅⑧にほふ里　肖柏⑨
3 川⑩かぜに一むら柳春みえて　宗長⑪
4 舟⑫さすおとはしるき明《あけ》がた　祇
5 月は猶《なほ》霧わたる夜《よ》にのこるらん　柏
6 霜おく野はら秋はくれけり　長
7 なく虫の心ともなく草かれて　祇
8 垣⑬ねをとへばあらはなる道　柏
9 （初裏）山ふかき里やあらしに送るらん　長
10 なれぬ住居《すまゐ》ぞさびしさもうき　祇
11 今更にひとりある身を思ふなよ　柏
12 うつろはむとはかねてしらずや　長
13 置きわぶる露こそ花に哀れなれ　祇
14 まだのこる日のうちかすむかげ　柏
87⑭ （名残表）松の葉をただ朝ゆふのけぶりにて　祇

に生まれ今川家に仕えたが、文明期に上洛して一休宗純《いっきゅうそうじゅん》に参禅。宗祇とは駿河在住時から交流があり越後や筑紫への旅に同行し『新撰菟玖波集』撰集にも尽力。

⑫可隔七句物《しちくをへだつべきもの》で一度用いると「舟」の語は七句を隔てねば用いてはならない。同意や同じ発想の詞や内容が繰り返されることを嫌うことによる規則であり、二条良基《にじょうよしもと》・救済《きゅうぜい》制定の『応安新式《おうあんしんしき》』以降、連歌の式目《しきもく》が整えられ、肖柏も『連歌新式《れんがしんしき》』の増訂を行った。

⑬一座二句物《いちざにくもの》の式目に当たり、「垣」の語は百韻の中で二回以上用いてはならない。前句は一座一句物の秋の季語「虫」を詠む季の句だが以降、季語を含まない雑の句が幾つか続く。

⑭前句は肖柏の「さてもうき世にかかる玉の緒」。

⑮なきわたる雁の涙やおちつらむ物おもふ宿のはぎのうへのつゆ（古今・秋上・読人不知）

⑯奥山のおどろが下もふみわけて道ある世ぞと人に知らせん（新古今・雑中・後鳥羽院）を本歌とし、水無瀬法楽の百韻として発句と相応する祝言の挙句《あげく》。

88 浦わのさとはいかにすむ覧《らん》　長
89 秋風のあら磯《いそ》まくら臥《ふ》しわびぬ　柏
90 雁《かり》なく山の月ふくる空　祇
91 ⑮小萩原《こはぎはら》うつろふ露もあすやみむ　長
92 あだのおほ野をこころなる人　柏
（名残裏）
93 忘るな よ限《かぎり》やかはる夢うつつ　祇
94 おもへばいつをいにしへにせむ　長
95 仏たちかくれては又いづる世に　柏
96 かれしはやしもはる風ぞふく　祇
97 山はけさいく霜夜にかかすむらん　長
98 けぶりのどかに見ゆるかり庵《いほ》　柏
99 いやしきも身ををさむるは有りつべし　祇
100 ⑯人をおしなべみちぞただしき　長

第四講 乱世に生きる女性

建礼門院右京大夫集《けんれいもんいんうきょうのだいぶしゅう》◆

世尊寺流藤原伊行女、建礼門院平徳子に仕えた右京大夫（一一五二－五？〜？）の自撰家集。日記（あるいは物語）の側面を持つ。鎌倉初期に成立した歌数約三六〇首（他人との贈答を含む）の私家集。貞永元年（一二三二）六月受命の『新勅撰集』の編纂資料として撰者定家から求められ、まとめたもの。華やかな宮廷生活と平家都落ちと滅亡を背景に、藤原隆信との交渉を折り込みつつ、恋人平資盛との生・死別の嘆きや追想を中心とする。本文は新編日本古典文学全集（小学館）による。

何《なに》となく、見聞くことに心うちやりて①過ぐしつつ、なべての人のやうにはあらじと思ひしを、朝夕《あさゆふ》、女どち②のやうに交じりゐて見かはす人あまたありし中に、とりわきてとかく言ひしを、あるまじのことやと③、人のことを見聞きても思ひしかど、契りとかやは逃れがたくて、思ひのほかに物思はしき④こと添ひて、さまざま思ひ乱れしころ、里にて、⑤遥かに西の方《かた》をながめやる、梢《こずゑ》は、夕日の色沈みて、あはれなるに、またかき暗し⑥しぐるるを見るにも、

①気晴らしをして。
②女同士。
③あってはならないことかと。
④他人の恋愛。
⑤初めて語られる、恋の物思い。相手は平資盛（重盛の二男・建礼門院徳子の甥）。作者より一〇歳程年少であったか。
⑥空がすっかり暗くなって。

61

⑦夕日うつる梢の色のしぐるるに心もやがてかき暗すかな

⑧またの年の春ぞ、まことにこの⑨世の外《ほか》に聞きはてにし。そのほどのことは、まして何《なに》とかは言はむ。みなかねて思ひしことなれど、ただ⑩ほれぼれとのみ覚ゆ。余りに堰《せ》きやらぬ涙も、かつは見る人もつつましければ、何《なに》とか人も思ふらめど、「心地のわびしき」とて、引《ひ》き被《かづ》き寝くらしてのみぞ、心のままに泣き過ぐす。「いかで物をも忘れむ」と思へど、⑪あやにくに面影は身に添ひ、言《こと》の葉《は》ごとに聞く心地して、身をせめて、悲しきこと言ひ尽くすべき方《かた》なし。ただ限りある命《いのち》にて、はかなくなど聞きしことをだにこそ、悲しきことに言ひ思へ、これは何をか例《ためし》にせむと、かへすがへす覚えて、

223

なべて世のはかなきことをかなしとはかかる⑫夢見ぬ人やいひけむ

ほど経《へ》て人のもとより、「さてもこのあはれ、いかばかりか」と言ひたれば、⑬なべてのことのやうに覚えて、

224

かなしともまたあはれとも⑭世の常にいふべきことにあらばこそあらめ

⑦玉葉・恋四・一六六〇。「夕日うつる」「梢の色」は京極派の好尚に適う。

⑧翌年。寿永四年（一一八五）。京都では元暦二年（八月一四日に文治に改元）を称する。この年の三月二四日の壇浦合戦で資盛は入水。建礼門院徳子は生け捕られ、都へ送られる。

⑨この世の他の人（亡くなった）として、しかと聞いてしまった。

⑩茫然とばかり。

⑪意地悪く。

⑫このような夢（のような悲しみ）。

⑬ありきたりの一般的なこと。

⑭世間一般に言えることであるならば、そうでしょうが（私の場合はそうではないのです）。

老いののち、⑮民部卿《みんぶきやう》定家《さだいへ》の歌⑯を集むることありとて、「書き置きたる物や」と尋ねられたるだにも、人数《ひとかず》に思ひ出でて言はれたるなさけ、ありがたく覚ゆるに、「⑰いづれの名をとか思ふ」と問はれたる思ひやりの、いみじう覚えて、なほただ、隔てはてにし昔のことの忘られがたければ、「⑱その世のままに」など申すとて、

360 言⑲の葉のもし世に散らば偲ばしき昔の名こそとめまほしけれ

返《かへ》し　民部卿

361 ⑳おなじくは心とめけるいにしへのその名をさらに世世《よよ》に残さむ

とありしなむ、うれしく覚えし。

⑮藤原定家。応保二年（一一六二）～仁治二年（一二四一）、八〇歳。俊成男。母は親忠女美福門院加賀。正二位権中納言。『新古今集』『新勅撰集』撰者。
⑯『新勅撰集』の撰集。時期については10ページ一覧参照。結果として、同集に右京大夫の歌は、「忘れじの契りたがはぬ世なりせば頼みやせまし君がひとこと」（恋二・八四二）と「吹く風も枝にのどけき御代なれば散らぬ紅葉の色をこそ見れ」（雑一・一〇九八）という、当たり障りのない二首が採られているにすぎない。
⑰「建礼門院右京大夫」か「七条院（後鳥羽院生母藤原殖子）右京大夫」か何れの女房名を集の作者名とするか。
⑱あの当時のままで。
⑲私の歌が世の中に広まるならば。
⑳どうせなら、あなた自身が心を留めている昔の名前を。

とはずがたり《とわずがたり》◆

日記。五巻。源雅忠女の後深草院二条著。記事の最後は嘉元四年（一三〇六）。作者二条が後深草院の寵愛を受けて以来、初恋の人・雪の曙や高僧・有明の月らとの交際や出産を経て御所を追われて出家し、院の葬送を見送る迄の数奇な人生が率直に語られており、宮廷の秘事等がうかがわれることからも注目されてきた。本文は新編日本古典文学全集（小学館）による。

「①初夜《しよや》の時《じ》始まるほどに、御衣《おんぞ》を持ちて聴聞所に参れ」と仰②せあるほどに、参りたれば、人もみな③伴僧《ばんそう》に参るべき装束《しやうぞく》しに、おのおの部屋部屋《へやべや》へ出でたるほどにや、人もなし。④ただ一人《ひとり》おはします所へ参りぬ。

「御撫物、いづくにさぶらふべきぞ」と申す。「道場のそばの局《つぼね》へ」と仰《おほ》せ言《ごと》あれば、参りて見るに、顕証《けんそう》げに御灯明《みあかし》の火にかかやきたるに、思はずに萎《な》えたる衣にて、ふとおはしたり。こはいかにと思ふほどに、「⑤仏の御しるべは、暗き道に入りても」など仰せられて、泣く泣く抱《いだ》きつきたまふも、余りうたてくおぼゆれども、人の御ため、「こは何事ぞ」など言ふべき御人柄《ひとがら》にもあらねば、忍びつつ、「仏の御心の内も」など申せども、かなはず。

⑥見つる夢のなごりも、うつつともなきほどなるに、「時《じ》よくなりぬ」とて、伴僧ども参

◆巻二の一節で、作中時間は建治元年（一二七五）九月中旬。後深草院は八月頃より病に伏している。院の平癒祈禱の際に二条は有明の月との密会を重ねる。この後、巻三にかけて、有明の月との交情の顛末が綴られる。

①六時《ろくじ》の一。夜は初夜・中夜・後夜に三分される。勤行（読経）が行われる。

②院（三三歳）の二条（一八歳）への指図。二条は院の御所に仕える上臈女房で、一四歳頃から院の寵愛を受けていた。

③修法の導師に伴う僧として参

れば、後《うし》ろの方《かた》より逃げ帰りたまひて、「後夜《ごや》のほどに、今《いま》一度《ど》かならず」と仰せありて、やがて始まるさまは、何《なに》となきに、参りたまふらむともおぼえねば、いと恐ろし。

⑦御灯明《みあかし》の光さへ曇りなくさし入りたりつる火影《ほかげ》は、来《こ》む世の闇《やみ》も悲しきに、思ひ焦《こ》がる心はなくて、後夜《ごや》過ぐるほどに、人間《ひとま》をうかがひて参りたれば、この度《たび》は御時《じ》果てて後《のち》なれば、すこしのどかに見たてまつるにつけても、むせかへりたまふ気色《けしき》、心苦しきものから、明けゆく音するに、肌に着たる小袖《こそで》にわが御肌なる御小袖を、しひて、「形見に」とて着替へたまひつつ、起き別れぬる御なごりも、かたほなるものから、なつかしくあはれとも言ひぬべき御さまも忘れがたき心地《ここち》して、局《つぼね》にすべりてうち寝《ね》たるに、今の御小袖の⑧褄《つま》に物あり。取りて見れば、⑨陸奥紙《みちのくにがみ》をいささか破《や》りて、

うつつとも夢ともいまだわきかねて悲しさ残る秋の夜《よ》の月

とあるも、いかなる隙《ひま》に書きたまひけむなど、なほざりならぬ御心ざしも空《そら》に知られて、このほどは隙をうかがひつつ、夜を経《へ》てといふばかり見たてまつれば、この度《たび》の御修法《みしゅほふ》は心清からぬ御祈誓《きせい》、仏の御心中も恥づかしきに、⑩二七日の末《すゑ》つ方《かた》よりよろしくなりたまひて、三七日にて御結願《けちぐわん》ありて出でたまふ。

明日《あす》とての夜、「またいかなる便《たよ》りをか待ち見む。⑪念誦《ねんじゅ》の床《ゆか》にも塵《ちり》積もり、護摩《ごま》の道場も煙《けぶり》絶えぬべくこそ。同じ心にだにもあらば、濃き墨染《すみぞめ》の袂《たもと》になりつつ、深き山に籠《こも》り

上するための装束を着けに。
④院の異母弟の高僧・有明の月（性助《しょうじょ》法親王・二九歳）が、ただ一人。
⑤仏の御しるべは、暗きに入りてもさらに違ふまじかなるものを（源氏物語・若紫）
⑥二条が現実のこととは思われない情交に呆然とするうちに。
⑦御灯明に加え月の光にも映る、祈禱に勤しむ有明の月の姿。
⑧衽《おくみ》の腰から下の縁。
⑨消息文などによく用いられた檀の皮から作った厚みのある紙。檀紙。
⑩院の病平癒の祈禱の第二週目の七日間。にしちにち。
⑪有明の月は、勤行や修法に身が入らなくなりそうだと強い愛情を寄せる。

居《ゐ》て、いくほどなきこの世に物思はでも」など仰せらるるぞ、余りにむくつけき心地する。明けゆく鐘に音《ね》を添へて、起き別れたまふさま、いつ習ひたまふ御言《こと》の葉《は》にかと、いとあはれなるほどに見えたまふ。御袖のしがらみも、「漏《も》りて憂《う》き名《な》や」と、心苦しきほどなり。

かくしつつ、結願《けちぐわん》ありぬれば御出でありぬるも、さすが心にかかるこそ、よしなき思⑫ひも数々色添《いろそ》ふ心地しはべれ。

⑫院や雪の曙（西園寺実兼・二七歳）との関係に加え禁断の愛欲を重ねて行く二条の心情。

人物略系図

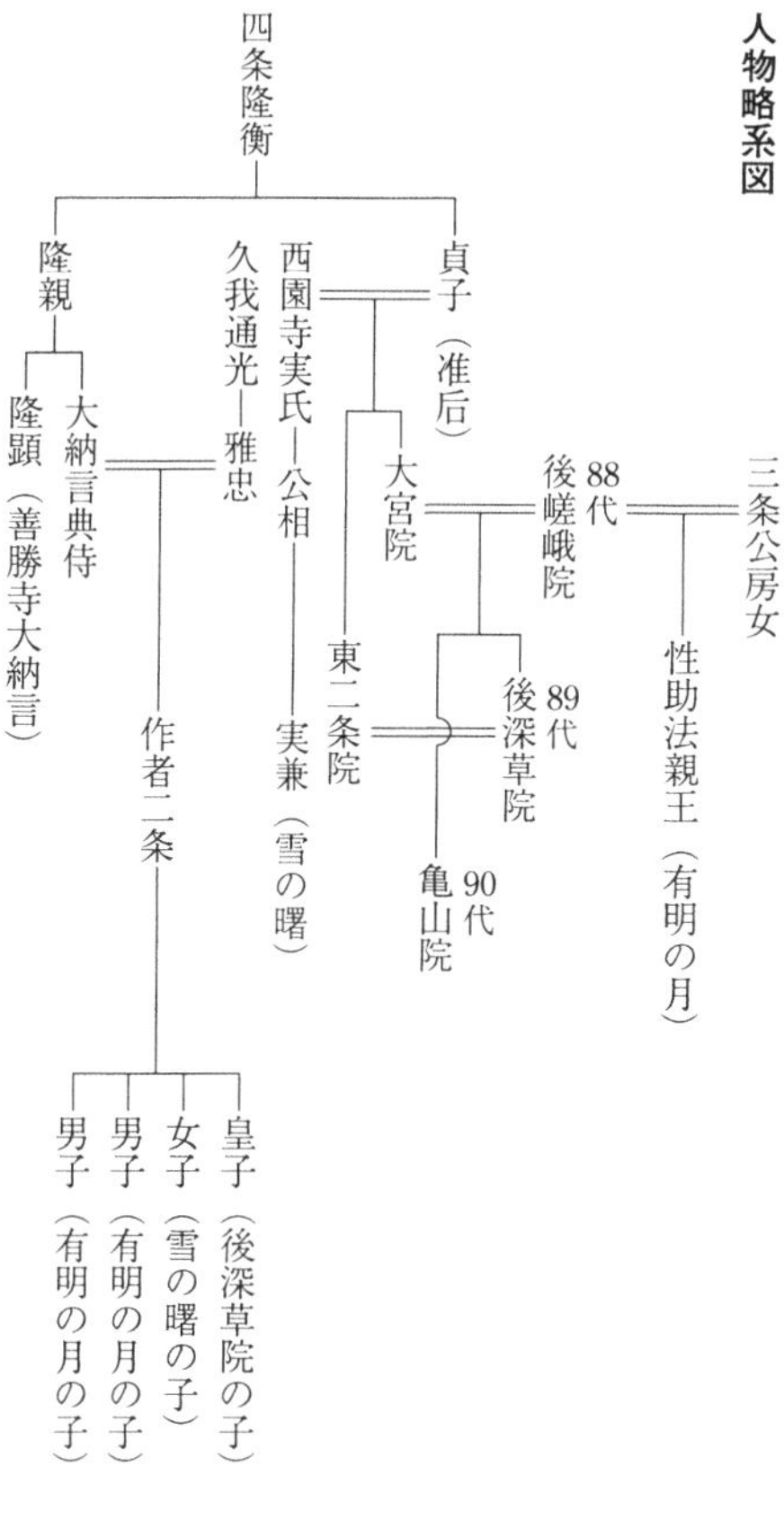

第五講

隠者の達観

方丈記《ほうじょうき》

随筆。鴨長明作。建暦二年（一二一二）成立と作者自ら記す。「ゆく河の流れは絶えずして、しかももとの水にあらず」に始まる序文に続き、五大災厄（安元の大火・治承の辻風・治承の遷都・養和の飢饉・元暦の地震）の惨状、閑居生活の価値を、無常観を軸に記す。末尾の自己啓発ふうな自問自答はさまざまな解釈を呼ぶ。本文は新編日本古典文学全集（小学館）による。

　ここに六十《むそぢ》の露消えがたに及びて、さらに末葉《すゑは》の宿りを結べる事あり。いはば①旅人の一夜の宿を作り、老いたる蚕《かひこ》の繭《まゆ》をいとなむがごとし。これをなかごろの栖《すみか》にならぶれば、また、百分が一に及ばず。とかくいふほどに齢《よはひ》は歳々《としどし》にたかく、栖《すみか》は折々《をりをり》に狭《せば》し。その家のありさま、世の常にも似ず。広さはわづかに②方丈《はうぢやう》、高さは③七尺が内《うち》なり。所を思ひ定めざるがゆゑに、地を占めて作らず。土居《つちゐ》を組み、うちおほひを葺《ふ》きて、継目《つぎめ》ごとにかけがねを掛けたり。もし心にかなはぬ事あらば、やすく外《ほか》へ移さむがためなり。そのあらため作る事、いくばくの煩《わづら》ひかある。積むところわづかに二両、車の力を報《むく》ふほかには、さ

①「亦猶《またなほ》行人の旅宿を造り、老《らう》蠶《さん》の独繭《どくけん》を成すがごとし」（池亭記）。
②一丈平方。約九㎡。一間半（約二・七m）四方の四畳半と考えてよい。
③約二・二m。
④費用。
⑤京都市伏見区。法界寺の裏山に長明の方丈の庵址と称するものがある。

らに他の④用途《ようどう》いらず。

今、⑤日野山の奥に跡を隠して後《のち》、東に三⑥尺余りの庇《ひさし》をさして、柴《しば》折りくぶるよすがとす。南《みなみ》、竹の簀子《すのこ》を敷き、その西に⑦閼伽棚《あかだな》をつくり、北によせて障子《さうじ》をへだてて阿弥陀《あみだ》の絵像を安置《あんぢ》し、そばに普賢《ふげん》をかき、前《まへ》に法花経《ほけきやう》を置けり。東のきはに蕨《わらび》のほとろを敷きて、夜《よる》の床《ゆか》とす。西南《ひつじさる》に竹の吊棚《つりだな》を構《かま》へて、黒き皮籠《かはご》三合を置けり。すなはち和歌《わか》、管弦《くわんげん》、⑧往生要集《わうじやうえうしふ》ごときの抄物《せうもつ》を入れたり。かたはらに琴、琵琶おのおの一張《ちやう》を立つ。いはゆる折琴《をりごと》、継琵琶《つぎびは》これなり。仮《かり》の庵《いほり》のありやうかくのごとし。

その所のさまをいはば、南に⑨懸樋《かけひ》あり、岩を立てて水をためたり。林の木近ければ、爪木《つまぎ》をひろふに乏《とも》しからず。名を⑩音羽山《おとはやま》といふ。まさきのかづら跡埋《うづ》めり。谷しげけれど西晴れたり。観念のたよりなきにしもあらず。

春は藤波《ふぢなみ》を見る。紫雲《しうん》のごとくして西方ににほふ。夏は郭公《ほととぎす》を聞く。語らふごとに⑪死出《しで》の山路《やまぢ》を契《ちぎ》る。秋はひぐらしの声耳に満てり。うつせみの世をかなしむほど聞《きこ》ゆ。冬は雪をあはれぶ。⑫積り消ゆるさま、罪障《ざいさう》にたとへつべし。

もし念仏ものうく、読経まめならぬ時は、みづから休み、みづからおこたる。さまたぐる人もなく、また、恥づべき人もなし。ことさらに無言をせざれども、独《ひと》りをれば⑬口業《くごふ》を修《をさ》めつべし。必ず禁戒を守るとしもなくとも、境界《きやうがい》なければ何につけてか、破らん。も

⑥約九一㎝。
⑦仏に供える水や容器を置く棚。
⑧源信（九四二～一〇一七）著。浄土教の流布に貢献した。
⑨水を引くための樋。
⑩古くは山科から宇治あたりまでの山系の称。
⑪死者が越えていくという山路。ホトトギスは、死者の道案内をするといわれた。
⑫「年のうちに積もれる罪はかきくらし降る白雪とともに消えなむ」（拾遺・冬・貫之）。
⑬口のなすところ（言語）すべて。人間の一切の行為を総称する三業（身業《しんごう》・口業《くごう》・意業《いごう》）の一つ。
⑭「世の中をなににたとへむ朝ぼらけこぎゆく舟のあとのしら浪」（拾遺・哀傷・沙弥満誓）。満誓は万葉歌人。満沙弥とも。
⑮京都府宇治市。宇治川沿いの地名。
⑯「潯陽江頭、夜、客を送れば、楓葉荻花《ふうえふてきか》、秋瑟々《しつしつ》たり」

し跡⑭の白波《しらなみ》にこの身を寄する朝《あした》には、⑮岡《をか》の屋に行《ゆ》き交《か》ふ船をながめて満沙弥《まんさみ》が風情《ふぜい》をぬすみ、もし桂《かつら》の風《かぜ》葉《は》を鳴らす夕《ゆふべ》には、⑯尋陽《じんやう》の江《え》を思ひやりて⑰源都督《げんととく》のおこなひをならふ。もし余興あれば、しばしば松のひびきに⑱秋風楽《しうふうらく》をたぐへ、水の音《おと》に⑲流泉の曲をあやつる。芸はこれつたなけれども、人の耳をよろこばしめむとにはあらず。ひとり調《しら》べ、ひとり詠じて、みづから情《こころ》をやしなふばかりなり。

（白楽天・琵琶行）。
⑰源経信（一〇一六～九七）。歌人、琵琶の名手。
⑱雅楽の曲名。
⑲石上流泉とも。琵琶三秘曲（楊真操、流泉、啄木）の一つ。

徒然草《つれづれぐさ》◆

随筆。兼好法師作。元徳元年（一三二九）頃成立。「つれづれなるままに日くらし、硯にむかひて、心にうつりゆくよしなし事を、そこはかとなく書き付くれば、あやしうこそ物狂ほしけれ」の序段はあまりにも有名。長短二四三段にも及ぶ本作の内容は多岐にわたり、兼好の関心の幅、洞察の深さが伺える。本文は新編日本古典文学全集（小学館）による。

①あだし野の露きゆる時なく、②鳥部山《とりべやま》の烟《けぶり》立ちさらでのみ住みはつるならひならば、いかにもののあはれもなからん。世はさだめなきこそいみじけれ。

命あるものを見るに、人ばかり久しきはなし。③かげろふの夕《ゆふべ》を待ち、④夏の蟬《せみ》の春秋《はるあき》を知らぬもあるぞかし。つくづくと一年《ひととせ》を暮《くら》すほどだにも、こよなうのどけしや。あかず惜《を》し

◆第七段
①現京都市右京区嵯峨の奥にあった墓地。現在も念仏寺その他の寺院がある。
②鳥辺山、鳥辺野ともいう。現京都市東山区にあった火葬場。

と思はば、千年《ちとせ》を過《す》ぐすとも一夜《ひとよ》の夢の心地《ここち》こそせめ。住み果てぬ世に、みにくき姿を待ちえて何かはせん。命長ければ辱《はぢ》多し。長くとも四十《よそぢ》に足《た》らぬほどにて死なんこそ、めやすかるべけれ。そのほど過ぎぬれば、かたちを恥《は》づる心もなく、人に出でまじらはん事を思ひ、⑤夕《ゆふべ》の陽《ひ》に子孫を愛して、栄《さか》ゆく末を見んまでの命をあらまし、ひたすら世をむさぼる心のみ深く、もののあはれも知らずなりゆくなん、あさましき。

九月廿日《ながつきはつか》の比《ころ》、ある人に誘《さそ》はれ奉りて、明《あ》くるまで月見歩《あり》く事侍《はべ》りしに、思《おぼ》し出《い》づる所ありて、⑥案内《あない》せさせて入り給ひぬ。荒れたる庭の露しげきに、わざとならぬ匂《にほ》ひ、しめやかにうちかをりて、忍《しの》びたるけはひ、いとものあはれなり。

よきほどにて出で給ひぬれど、なほ事ざまの優《いう》におぼえて、物のかくれよりしばし見ゐたるに、⑦妻戸《つまど》をいま少しおしあけて、月見る気色《けしき》なり。やがてかけこもらましかば、口惜《くちを》しからまし。あとまで見る人ありとは、いかでか知らん。かやうの事は、ただ朝夕《あさゆふ》の心づかひによるべし。その人、ほどなくうせにけりと聞き侍《はべ》りし。

花はさかりに、月はくまなきをのみ見るものかは。⑧雨にむかひて月を恋ひ、⑨たれこめて春の行方《ゆくへ》知らぬも、なほあはれに情《なさけ》ふかし。咲きぬべきほどの梢《こずゑ》、散りしをれたる庭など

清水寺西南方の一帯。
③「蜉蝣《ふゆう》は朝に生れ暮に死す。しかうしてもその楽しみを尽くす」(准南子)。
④「蟪蛄《けいこ》は春秋を知らず」(荘子)
⑤「朝露に名利を貪り、夕陽に子孫を憂ふ」(白氏文集)。

◆第三二段
⑥取り次ぎを乞わせて。
⑦寝殿造りの建物で、その四隅にある両開きの扉。

◆第一三七段
⑧「雨に対ひて月を恋ふ」(類聚句題抄・源順)。

⑨「たれこめて春のゆくへも知らぬまに待ちし桜も移ろひにけり」（古今・春下・藤原因香）。
⑩男女が会って契りを結ぶ意。
⑪「浅茅」はまばらに生えた茅《ち》萱《がや》。浅茅の生えている荒れた住まいの意。
⑫「三五夜中新月の色、二千里の外故人の心」（白氏文集）。
⑬わき見もせずに。

こそ見所《みどころ》多けれ。歌の詞書《ことばがき》にも、「花見にまかれりけるに、はやく散り過ぎにければ」とも、「障《さは》る事ありてまからで」なども書けるは、「花を見て」と言へるにおとれる事かは。花の散り、月の傾《かたぶ》くを慕《した》ふ習《なら》ひは、さる事なれど、ことにかたくなる人ぞ、「この枝、かの枝散りにけり。今は見所なし」などは言ふめる。

万《よろづ》の事も、始め終りこそをかしけれ。男女《をとこをんな》の情《なさけ》も、ひとへに⑩逢《あ》ひ見るをばいふものかは。逢はでやみにし憂《う》さを思ひ、あだなる契《ちぎ》りをかこち、長き夜をひとりあかし、遠き雲《くも》井《ゐ》を思ひやり、⑪浅茅《あさぢ》が宿《やど》に昔をしのぶこそ、色好むとは言はめ。

⑫望月《もちづき》のくまなきを千里《ちさと》の外《ほか》までながめたるよりも、暁近くなりて待ち出《い》でたるが、いと心深《こころふか》う、青みたるやうにて、深き山の杉の梢に見えたる、木《こ》の間《ま》の影《かげ》、うちしぐれたる村雲《むらくも》がくれのほど、またなくあはれなり。椎柴《しひしば》・白樫《しらかし》などの濡《ぬ》れたるやうなる葉の上にきらめきたるこそ、身にしみて、心あらん友もがなと、都恋しう覚ゆれ。

すべて、月・花をば、さのみ目にて見るものかは。春は家を立ち去らでも、月の夜は閨《ねや》のうちながらも思へるこそ、いとたのもしう、をかしけれ。よき人は、ひとへに好《す》けるさまにも見えず、興ずるさまも等閑《なほざり》なり。片田舎《かたゐなか》の人こそ、色こく万《よろづ》はもて興ずれ。花の本《もと》には、ねぢ寄り立ち寄り、⑬あからめもせずまもりて、酒飲み連歌《れんが》して、はては、大きなる枝、心なく折り取りぬ。泉には手足さし浸《ひた》して、雪にはおり立ちて跡つけなど、万《よろづ》の物、

◆第一四一段

⑭病人や孤児などを救済する施設としての寺院。各地にあったが、ここでは京都市上京区の大応寺辺にあったもの。

⑮伝未詳。

⑯三浦氏は平氏の末流で、相模国三浦郡（現神奈川県三浦市）出身の東国武士である。

⑰剛健。剛直。

⑱関東地方のなまりをさす。

よそながら見ることなし。

⑭悲田院《ひでんゐん》の⑮尭蓮上人《げうれんしやうにん》は、俗姓《ぞくしやう》は⑯三浦《みうら》の某《なにがし》とかや、さうなき武者《むしや》なり。故郷《ふるさと》の人の来りて物語すとて、「吾妻人《あづまびと》こそ、言ひつる事は頼《たの》まるれ、都の人は、ことうけのみよくて、実《まこと》なし」と言ひしを、聖《ひじり》、「それはさこそおぼすらめども、おのれは都に久しく住みて、馴《な》れて見侍《みはべ》るに、人の心劣《おと》れりとは思ひ侍らず。なべて心やはらかに、情《なさけ》あるゆゑに、人の言ふほどの事、けやけく否《いな》びがたくて、万《よろづ》え言ひ放《はな》たず、心弱くことうけしつ。偽《いつはり》せんとは思はねど、乏《とも》しくかなはぬ人のみあれば、おのづから本意《ほい》とほらぬ事多かるべし。吾妻《あづま》人《びと》は我がかたなれど、げには心の色なく、情《なさけ》おくれ、ひとへに⑰すくよかなるものなれば、始めより否《いな》と言ひてやみぬ。にぎはひ豊《ゆた》かなれば、人には頼まるるぞかし」とことわられ侍りしこそ、この聖《ひじり》、⑱声うちゆがみ、あらあらしくて、聖教《しやうげう》のこまやかなることわり、いとわきまへずもやと思ひしに、この一言《ひとこと》の後、心にくくなりて、多かるなかに寺を住持《ぢゆうぢ》せらるるは、かくやはらぎたる所ありて、その益《やく》もあるにこそと覚え侍りし。

第六講

移動する視点

東関紀行《とうかんきこう》◆

作者未詳。仁治三年（一二四二）八月一〇日頃に京都を出発して鎌倉に至り、二ヶ月程の鎌倉滞在を経て、一〇月二三日の暁に帰洛の途につく、その間の日記紀行。仁治三年末頃には成るか。序文と中核を成す東海道路次及び鎌倉巡覧の三部に大別される。鎌倉に幕府が開かれた時代を映し、『海道記』『十六夜日記』と併せて、中世の三大紀行とも称される。本文は新編日本古典文学全集（小学館）による。

東山のほとりなる住家《すみか》を出でて、逢坂の関うち過ぐるほどに、①駒引きわたる望月のころもやうやう近き空なれば、秋霧《あきぎり》立ち渡りて、深き夜の月影、風しづかなり。②木綿付鳥《ゆふつけどり》かすかにおとづれて、③遊子《いうし》なほ残月《ざんげつ》に行きけん函谷《かんこく》の有様《ありさま》、思ひ合せらる。

むかし④蟬丸《せみまる》といひける世捨人《よすてびと》、この関のほとりに藁屋《わらや》の床《とこ》を結びて、常は琵琶を弾きて心をすまし、やまと歌を詠じて思ひをのべけり。嵐の風はげしきを、しひつつぞ過ぐしける。ある人のいはく、「蟬丸は⑤延喜第四の宮《みや》にてまします故に、この関のあたりを、四の宮と名づけたり」といへり。

①陰暦秋八月一五日に、信濃等の御牧から献上される馬を馬寮の官人が逢坂の関で迎える。「相坂の関の清水に影見えて今や引くらむ望月の駒」（拾遺・秋・貫之）。

②鶏。世の乱れた時に木綿を鶏に付けて都の四境で祀ったという故事から。

③「遊子猶残月に行く、函谷に鶏鳴く」（和漢朗詠集・暁・賈

いにしへの藁屋の床《とこ》のあたりまで心をとむる逢坂の関

⑥東三条院《とうさんでうゐん》、石山に詣でて還御《くわんぎよ》ありけるに、関の清水を過ぎさせ給ふとて、詠ませ給ひける御歌《みうた》に、「⑦あまたたび行きあふ坂の関水《せきみづ》にけふをかぎりの影ぞかなしき」と聞ゆるこそ、いかなりける御心《みこころ》のうちにかと、あはれに心細けれ。

⑧関山《せきやま》を過ぎぬれば、⑨打出《うちで》の浜、⑩粟津《あはづ》の原なんど聞けども、いまだ夜のうちなれば、さだかにも見わかれず。昔天智天皇の御代《みよ》、大和国飛鳥《あすか》の岡本《をかもと》の宮より、近江の志賀《しが》の郡《こほり》にうつりありて、大津の宮をつくられけりと聞くにも、このほどはふるき皇居の跡ぞかしと覚えて、あはれなり。

⑪さざ波や大津の宮のあれしより名のみ残れる志賀の故郷《ふるさと》

あけぼのの空になりて、⑫瀬田の長橋うち渡るほどに、湖《みづうみ》はるかにあらはれて、かの⑬満誓《まんせい》沙弥《しやみ》が比叡山にてこの海を望みつつ詠めりけん歌、思ひ出でられて、「⑭漕ぎゆく舟の跡の白波」、まことにはかなくて心細し。

世の中を漕ぎゆく舟によそへつつ眺めしあとを又《また》ぞながむる

（中略）

⑮尾張国熱田の宮に至りぬ。神垣《かみがき》のあたり近ければ、やがて参りて拝み奉るに、木立《こだち》年ふりたる森の木《こ》の間より、夕日影《かげ》たえだえさし入りて、朱《あけ》の玉垣《たまがき》色をかへたるに、⑯木綿四手《ゆふしで》

嵩）。斉の孟嘗君が秦国を逃げる時、夜半に函谷関で食客に鶏の鳴き真似をさせて関門を開かせて脱出した故事（史記）から。
④平安時代の伝説的歌人。琵琶の名手で音曲の神として大津市の関蝉丸神社に祀られる。
⑤醍醐天皇の第四皇子という。
⑥円融天皇女御藤原詮子。
⑦栄花物語・鳥辺野、千載・雑中。
⑧関のある逢坂山。
⑨近江国の歌枕。琵琶湖岸。
⑩同右。木曽義仲討死の地。
⑪「さざ波や志賀の都は荒れにしを昔ながらの山桜かな」（千載・春上・読人不知＝平忠度）。
⑫瀬田の唐橋。近江国の歌枕。
⑬万葉歌人。俗名笠麻呂。「沙弥」は出家した男子。
⑭「世の中を何に譬へむ朝ぼらけ漕ぎ行く舟の跡の白波」（拾遺・哀傷）。
⑮熱田神宮（現名古屋市）。祭神熱田大神。草薙剣を祀る。
⑯木綿や代用の紙を玉串や注連縄・榊等に結び垂したもの。

風に乱れたることがら、物にふれて神《かみ》さびたる中にも、⑰ねぐら争ふ鷺群《さぎむら》の数も知らず梢に来《き》ゐるさま、雪の積れるやうに見えて、遠く白きものから、暮れ行くままに静まりゆく声も、心すごく聞ゆ。

(中略)

⑱行き行きて、⑲三河国八橋の渡《わたり》を見れば、在原業平、⑳杜若《かきつばた》の歌よみたりけるに、みな人乾飯《かれいひ》の上に涙おとしける所よと、思ひ出でられて、そのあたりを見れども、かの草とおぼしきものはなくて稲のみぞ多く見ゆる。

花ゆゑに落ちし涙の形見とや稲葉の露を残しおくらむ

㉑源　義種《みなもとのよしたね》が、この国の守《かみ》にて下りける時、とまりける女のもとにつかはしける歌に、㉒「もろともにゆかぬ三河の八橋を恋しとのみや思ひ㉓わたらん」と詠めりけるこそ思ひ出でられて哀れなれ。

(中略)

㉔清見が関も過ぎうくてしばし休らへば、沖の石、むらむら潮干《しほひ》にあらはれて波にむせぶ、磯の塩屋《しほや》、所々に風にさそはれて煙《けぶり》なびきにけり。東路《あづまぢ》の思ひ出ともなりぬべき渡《わたり》なり。

むかし朱雀天皇の御時、㉕将門といふ者、東《あづま》にて逆謀《げきむ》起しける。これを平《たひ》らげんために㉖宇《う》

⑰「高島やゆるぎの杜の鷺すらもひとりは寝じと争ふものを」(古今六帖・六・鷺)に拠る。
⑱「行き行きて駿河の国に至りぬ」(伊勢物語・九)を援用。
⑲歌枕。現愛知県知立市。
⑳「唐衣きつつなれにしつましあればはるばるきぬる旅をしぞ思ふ　とよめりければ、皆人乾飯の上に涙落としてほとびにけり」(伊勢物語・九)。
㉑清和源氏。本名嘉樹。美作守。
㉒拾遺・別。詞書「源義種が参河の介にて侍りける、娘のもとに、母の詠みて遣はしける」で、作者は義種の妻。
㉓し続ける意に、「八橋」の縁で、橋を渡る意が響く。
㉔駿河国の歌枕。
㉕平将門。承平天慶の乱を起こす。天慶三年(九四〇)平貞盛らに討たれる。
㉖藤原忠文。征東大将軍として東下したが乱が終り引き返す。

治民部卿《ぢのみんぶきやう》忠文《ただぶみ》をつかはしける、この関に至りてとどまりけるが、㉗清原滋藤《きよはらのしげふぢ》といふ者、民部卿に伴ひて㉘軍監《ぐんけん》といふ司《つかさ》にて行きけるが、㉙「漁舟《ぎよしう》の火の影は寒うして波を焼き、駅路《えきろ》の鈴《すず》の声は夜《よる》山を過ぐ」といふ唐《から》の歌を詠《なが》めければ、涙を民部卿流しけりと聞くにも哀れなり。㉚

㉛清見潟関とは知らで行く人も心ばかりはとどめおくらん

（中略）

この宿㉜をも立ちて、鎌倉に着く日の夕《ゆふ》つ方《かた》、雨にはかに降り、みかさも取りあへぬほどなり。急ぐ心にのみ進められて、㉝大磯、㉞江の島、㉟もろこしが原など聞ゆる所々を、見とどむる暇《ひま》もなくて打ち過ぎぬるこそ、心ならず覚ゆれ。

暮れかかるほどに下《くだ》り着きぬれば、なにがしの㊱いりとかやいふ所に、あやしの賤《しづ》が庵《いほり》をかりてとどまりぬ。前は道に向ひて門なし。㊲行人征馬簾《かうじんせいばすだれ》のもとに行きちがひ、後《うしろ》は山近くして窓に臨む。鹿の音《ね》、虫の声、垣《かき》の上にいそがはし。旅店《りよてん》の都に異なる、様《やう》かはりて心すごし。

かくしつつ明かし暮すほどに、つれづれもなぐさむやとて、㊳和賀江《わかえ》の築島《つきしま》、㊴三浦のみ崎などいふ浦々を行きて見れば、海上の眺望《てうぼう》、哀れをもよほして、来《こ》し方《かた》に名高く面白き所々にもおとらず覚ゆ。

㉗朱雀・村上朝の漢詩人。
㉘征討軍に監督としてつく職名。
㉙和漢朗詠集・山水・杜荀鶴。
㉚以上は、『平家物語』五「五節之沙汰」にも見える逸話。
㉛本歌「たらちねの親の守りとあひ添ふる心ばかりはせきなとどめそ」（古今・離別・千古母）。
㉜箱根湯本。
㉝現神奈川県中郡大磯町。
㉞現神奈川県藤沢市江の島。
㉟大磯町から神奈川県平塚市にかけての海岸。
㊱「谷《やつ》」に同じ。奥まった所。

㊲「南に望めば則《すなは》ち関路の長きあり、行人征馬《かうじんせいば》翠簾《すいれん》の下《もと》に駱駅《らくえき》す」（和漢朗詠集・山家・源順）。

㊳鎌倉由比ヶ浜の築港の島。

㊴三浦半島の相模湾側の岬。

㊵「とふ嵐とはぬ人目もつもりてはひとつながめの雪の夕暮」（千五百番歌合・冬二・雅経）。

㊶美しい玉を寄せる。「玉寄する浦わの風に空晴れて光をかはす秋の夜の月」（千載・秋上・

　淋しさは過ぎ来し方の浦々も㊵ひとつながめの沖のつり舟
　㊶玉よする三浦が崎の波間より出でたる月の影のさやけさ

そもそも鎌倉の初めを申せば、㊷故右大将家《うだいしやうけ》と聞え給ふ、㊸水《みづ》の尾《お》の御門《みかど》の九つの世のはつえを武人《たけきひと》に受けたり。去りにし㊹治承《ぢしよう》の末にあたりて、義兵をあげて朝敵をなびかすより、恩賞しきりにくははりて㊺将軍のめしを得たり。営館《えいくわん》をこの所に占め、仏神を砌《みぎり》にあがめ奉るよりこの方《かた》、いま繁昌《はんじやう》の地となれり。

中にも㊻鶴が岡の若宮は、松柏《しようはく》みどりいよいよしげく、㊼蘋蘩《ひんばん》の供へ欠くることなし。陪《べい》従《じゆう》を定めて、四季の御神楽《みかぐら》おこたらず、職掌《しきしやう》に仰せて、八月の㊽放生会《ほうじやうゑ》を行はる。崇神《すうじん》のいつくしみ、本社にかはらずと聞ゆ。

㊾二階堂は殊に勝《すぐ》れたる寺なり。鳳《ほう》の甍《いらか》日にかがやき、㊿鳧《ふ》の鐘《かね》霜にひびき、楼台《ろうだい》の荘厳《さうごん》よりはじめて、林池《りんち》のありどにいたるまで、ことに心とまりて見ゆ。

(51)大御堂《おほみだう》と聞ゆるは、石巌《せきがん》の厳しきを切りて、道場の新たなるを開きしより、禅僧庵を並ぶ、月おのづから紙窓《しさう》の観《くわん》を訪ひ、行法《ぎやうぼふ》座を重ね、風とこしなへに(52)金磬《きんけい》の響きを誘ふ。

しかのみならず、代々の将軍以下《いげ》、つくり添へられたる松の社《やしろ》 葎《むぐら》の寺、町々《まちまち》にこれ多し。


崇徳院)。

㊷源頼朝。

㊸清和天皇。

㊹治承四年（一一八〇）八月の頼朝の挙兵。

㊺建久三年（一一九二）七月に征夷大将軍。

㊻源頼義が石清水八幡宮を勧請した由比の若宮を、頼朝が治承四年に鎌倉雪ノ下に遷宮した、鶴岡八幡宮。

㊼浮き草と白蓬。神の供物。

㊽魚鳥等の生き物を放って殺生の供養をする法会。

㊾永福寺。文治五年（一一八九）に頼朝が中尊寺の大長寿院二階堂に倣って造立。

㊿釣鐘。鳧氏の作った鐘から言う。「鳧鐘《ふしよう》夜鳴る、響《ひびき》暗天の聴を徹す」（和漢朗詠集・禁中・都良香）。
(51)勝長寿院。文治元年頼朝が父義朝の供養のため雪ノ下に造営。
(52)銅製の磬。勤行に仏前で打ち鳴らす。

第七講 説話の宇宙

今昔物語集《こんじゃくものがたりしゅう》◆

説話集。編者・成立未詳。現存本は鎌倉期書写とされる鈴鹿本（京都大学現蔵）を祖本とし、巻一～五・天竺部、巻六～一〇・震旦部、巻一一～三一・本朝部の全三一巻だが巻八・一八・二一は欠。仏教的世界観を基に据えた千余話を、仏法部・世俗部の順に二話一類様式で配列。『宇治拾遺物語』等と同文的同話を多数共有する。本文は新編日本古典文学全集（小学館）による。

①今昔《いまはむかし》、②熊野《くまの》ニ参《まゐ》ル二人《ふたり》ノ僧有《そうあり》ケリ。③一人《ひとり》ハ年老《としおい》タリ、一人《ひとり》ハ年若《としわか》クシテ形貞《ぎやうめう》美麗也《びれいなり》。牟婁《むろ》ノ郡《こほり》ニ至《いたり》テ、人《ひと》ノ屋《や》ヲ借《かり》テ、二人共《ふたりとも》ニ宿《やどり》ヌ。④其《そ》ノ家《いへ》ノ主《あるじ》、⑤寡《やもめ》ニシテ若《わか》キ女也《をむななり》。女《をむなの》従者《じゆしや》二三人許有《にさむにんばかりあ》リ。

此《こ》ノ家主《いへあるじ》ノ女《をむな》、⑥宿《やどり》タル若《わか》キ僧《そう》ノ美麗《びれい》ナルヲ見《み》テ、深《ふか》ク愛欲《あいよく》ノ心《こころ》ヲ発《おこ》シテ、懃《ねむごろ》ニ労《いたは》リ養《やしな》フ。而《しか》ルニ、夜《よる》ニ入《いり》テ、僧共既《そうどもすで》ニ寝《ね》ヌル時《とき》ニ、夜半許《やはんばかり》ニ家主《いへあるじ》ノ女《をむな》窃《ひそか》ニ此《こ》ノ若《わか》キ僧《そう》ノ寝《ね》タル所《ところ》ニ這《は》ヒ至《いたり》テ、衣《きぬ》ヲ打覆《うちおほひ》テ並《なら》ビ寝《ね》テ、僧《そう》ヲ驚《おどろ》カス。僧驚《そうおどろ》キ覚《さめ》テ、恐《おそ》レ迷《まど》フ。女《をむな》ノ云《い》ハク、「我《わ》ガ家《いへ》ニハ更《さら》ニ人《ひと》ヲ不宿《やどさ》ズ。而《しか》ルニ、今夜君《こよひきみ》ヲ宿《やど》ス事《こと》ハ、昼君《ひるきみ》ヲ見始《みそめ》ツル時《とき》ヨリ、

◆巻第一四・紀伊国道成寺僧《きいのくにのだうじやうじのそう》写法花救蛇語《ほふくゑをうつしてじやをすくふこと》第三《だいさむ》

本話は「大日本国法華経験記」下・一二九に拠る。

①「道成寺縁起」は作中時間を「醍醐天皇之御宇延長六年（九二八）八月之比」と設定する。

②熊野坐《にます》神社（本宮・現和歌山県東牟婁郡本宮町）・熊野速《はや》玉《たま》神社（新宮・同新宮市）・熊野那智《なち》神社（那智・同東牟婁郡那智勝浦町）の熊野三社は平安

夫《をうと》ニセムト思《おも》フ心深《こころふか》シ。然《さ》レバ、『君《きみ》ヲ宿《やど》シテ本意《ほんい》ヲ遂《とげ》ム』ト思《おも》フニ依《より》テ、近《ちかづ》キ来《きた》ル也《なり》。我《わ》レ夫無《をうとな》クシテ寡也《やもめなり》。君哀《きみあはれ》ト可思《おぼすべ》キ也《なり》」ト。僧此《そうこ》レヲ聞《きき》テ、大《おほ》キニ驚《おどろ》キ恐《おそ》レテ起居《おきゐ》テ、女《をむな》ニ答《こたへ》テ云《いは》ク、「我《わ》レ、宿願有《しくぐわんあ》ルニ依《より》テ、日来身心精進《ひごろしんじむしやうじん》ニシテ、遥《はるか》ノ道《みち》ヲ出立《いでたち》テ、権現《ごんげん》ノ宝前《ほうぜん》ニ参《まゐ》ルニ、忽《たちまち》ニ此《ここ》ニシテ願《ぐわん》ヲ破《やぶ》ラム、互《たがひ》ニ恐《おそ》レ可有《あるべ》シ。然《さ》レバ、速《すみやか》ニ君此《きみこ》ノ心《こころ》ヲ可止《とどむべ》シ」ト云《いひ》テ、強《あながち》ニ辞《いな》ブニ、女大《をむなおほ》キニ恨《うらみ》、終夜僧《よもすがらそう》ヲ抱《いだ》キ擾乱《ねうらん》シ戯《たはぶ》ルト云《い》ヘドモ、僧様々《そうさまざま》ノ言《ことば》ヲ以《もっ》テ、女《をむな》ヲ誘《こしら》ヘテ云《いは》ク、「我《われ》、君《きみ》ノ宣《のたま》フ事《こと》辞《いな》ブルニハ非《あら》ズ。然《さ》レバ、今《いま》、熊野《くまの》ニ参《まゐり》テ、両三日《りやうさむにち》ニ御明《みあか》シ、御幣《おほむみてぐら》ヲ奉《たてまつり》テ、還向《ぐゑんかう》ノ次《ついで》ニ君《きみ》ノ宣《のたま》ハム事《こと》ニ随《したが》ハム」ト約束《やくそく》ヲ成《な》シツ。女約束《をむなやくそく》ヲ憑《たのみ》テ、本《もと》ノ所《ところ》ニ返《かへり》ヌ。夜暁《よあけ》ヌレバ、僧其《そうそ》ノ家《いへ》ヲ立《たち》テ、熊野《くまの》ニ参《まゐり》ヌ。

其《そ》ノ後《のち》、女《をむな》ハ約束《やくそく》ノ日《ひ》ヲ計《かぞ》ヘテ、更《さら》ニ他《ほか》ノ心無《こころな》クシテ僧《そう》ヲ恋《こひ》テ、諸《もろもろ》ノ備《そな》ヘヲ儲《まうけ》テ待《ま》ツニ、僧還向《そうぐゑんかう》ノ次《ついで》ニ、彼《か》ノ女《をむな》ヲ恐《おそ》レテ、不寄《よらず》シテ、思他《おもひのほか》ノ道《みち》ヨリ逃《にげ》テ過《すぎ》ヌ。女僧《をむなそう》ノ遅《おそ》ク来《きたる》ヲ待《ま》チ煩《わづら》ヒテ、道《みち》ノ辺《ほとり》ニ出《いで》テ、往還《わうぐゑん》ノ人《ひと》ニ尋《たづ》ネ問《と》フニ、熊野《くまの》ヨリ出《い》ヅル僧有《そうあ》リ。女其《をむなそ》ノ僧《そう》ニ問《とひ》テ云《いは》ク、「其《それ》ノ色《いろ》ノ衣着《ころもき》タル、若《わか》ク老《おい》タル二人《ふたり》ノ僧《そう》ト還向《ぐゑんかう》シツル」ト。僧《そう》ノ云《いは》ク、「其《そ》ノ二人《ふたり》ノ僧《そう》ハ早《はや》ク還向《ぐゑんかう》シテ両三日《りやうさむにち》ニ成《なり》ヌ」ト。女此《をむなこ》ノ事《こと》ヲ聞《きき》テ、手《て》ヲ打《うち》テ、「既《すで》ニ他《ほか》ノ道《みち》ヨリ逃《にげ》テ過《すぎ》ニケリ」ト思《おも》フニ、大《おほき》ニ嗔《いかり》テ、家《いへ》ニ返《かへり》テ寝屋《ねや》ニ籠居《こもりゐ》ヌ。音《おと》セズシテ暫《しばら》ク有《あり》テ、即《すなは》チ死《し》ヌ。家《いへ》ノ従女等《とものをむなら》此《こ》レヲ見《み》テ泣《な》キ悲《かなし》ム程《ほど》ニ、⑦五尋許《いつひろばかり》ノ毒蛇《どくじや》忽《たちまち》ニ寝屋《ねや》ヨリ出《いで》ヌ。家《いへ》ヲ出《い》デ、道《みち》ニ趣《おもむ》ク。熊野《くまの》ヨリ還向《ぐゑんかう》ノ道《みち》ノ如《ごと》ク走《はし》リ行《ゆ》ク。人此《ひとこ》レヲ見《み》テ、大《おほ》キニ

中期以降ひろく信仰を集めた。

③若い僧は『元亨釈書』一九に「安珍」、『賢学草子（日高川双紙）』に「賢学」とある。

④『道成寺縁起』には「紀伊国室《むろ》の郡真砂《まなご》と云所に宿あり。此亭主清次庄司《せいじのしようじ》と申人の娵《よめ》にて、相随ふ者数《あまた》在けり」と見え、近世以降伝わる「清姫」という女の名との関わりを思わせる。

⑤未婚・死別を問わず未婚の女を言う。

⑥『法華験記』に「宿タル若キ僧ノ美麗ナルヲ見テ、深ク愛欲ノ心ヲ発シテ」なし。『法華験記』と本話とは小異多く、両話の質的差異が顕著。

⑦両手を左右に広げた長さで、一尋は五尺か六尺。

⑧現和歌山県日高郡川辺町鐘巻。日高寺とも。文武天皇の勅

恐《おそ》レヲ成《な》ス。

彼《か》ノ二人《ふたり》ノ僧前立《そうさきにたち》テ行《ゆ》クト云《い》ヘドモ、自然人有《おのづからひとあり》テ告《つげ》テ云《いは》ク、「此《こ》ノ後《うし》ロニ奇異《きい》ノ事有《ことあ》リ。五尋許《いつひろばかり》ノ大蛇出来《だいじやいでき》テ、野山《のやま》ヲ過《す》ギ、疾《と》ク走《はし》リ来《きた》ル」ト。二人《ふたり》ノ僧此《そうこ》レヲ聞《きき》テ思《おも》ハク、「定《さだ》メテ、此《こ》ノ家主《いへあるじ》ノ女《をむな》ノ、約束《やくそく》ヲ違《たが》ヘヌルニ依《より》テ、悪心《あくしむ》ヲ発《おこ》シテ、毒蛇《どくじや》ト成《なり》テ追《おひ》テ来《きた》ルナラム」ト思《おもひ》テ、疾《と》ク走《はし》リ逃《にげ》テ、⑧道成寺《だうじやうじ》ト云《い》フ寺《てら》ニ逃入《にげいり》ヌ。寺《てら》ノ僧共《そうども》、此《こ》ノ僧共《そうども》ヲ見《み》テ云《いは》ク、「何《な》ニ事《ごと》ニ依《より》テ走《はし》リ来《きた》レルゾ」ト。僧此《そうこ》ノ由《よし》ヲ具《つぶさ》ニ語《かたり》テ、可助《たすくべ》キ由《よし》ヲ云《い》フ。寺《てら》ノ僧共《そうども》集《あつまり》テ、此《こ》ノ事《こと》ヲ議《ぎ》シテ、鍾《かね》ヲ取下《とりおろ》シテ、此《こ》ノ若《わか》キ僧《そう》ヲ鍾《かね》ノ中《なか》ニ籠《こ》メ居《す》ヘテ、寺《てら》ノ門《もん》ヲ閉《と》ヅ。老《おい》タル僧《そう》ハ寺《てら》ノ僧《そう》ニ具《ぐ》シテ隠《かく》レヌ。

暫《しばら》ク有《あり》テ、大蛇此《だいじやこ》ノ寺《てら》ニ追来《おひきたり》テ、門《もん》ヲ閉《とぢ》タリト云《い》ヘドモ、超《こえ》テ入《いり》テ、堂《だう》ヲ廻《めぐ》ル事一両《こといちりやう》度《ど》シテ、此《こ》ノ僧《そう》ヲ籠《こ》メタル鍾《かね》ノ戸《と》ノ許《もと》ニ至《いたり》テ、尾《を》ヲ以《もつ》テ扉《とびら》ヲ叩《たた》ク事百度許《ことひやくどばかりなり》也。遂《つひ》ニ扉《とびら》ヲ叩《たた》キ破《やぶり》テ、蛇入《じやいり》ヌ。鍾《かね》ヲ巻《まき》テ、尾《お》ヲ以《もつ》テ竜頭《りうづ》ヲ叩《たた》ク事《こと》、二時三時許《ふたときみときばかりなり》也。寺《てら》ノ僧共此《そうどもこれ》ヲ恐《おそ》ルト云《い》ヘドモ、怪《あやし》ムデ、四面《しめん》ノ戸《と》ヲ開《ひらき》テ集《あつまり》テ此《こ》レヲ見《み》ルニ、毒蛇両《どくじやふたつ》ノ眼《まなこ》ヨリ血《ち》ノ涙《なみだ》ヲ流《なが》シテ、頸《くび》ヲ持上《もちあげ》テ舌嘗《したなめ》ヅリヲシテ本《もと》ノ方《かた》ニ走《はし》リ去《さり》ヌ。寺《てら》ノ僧共此《そうどもこ》レヲ見《み》ルニ、大《おほきなるかね》鍾、蛇《じや》ノ毒熱《どくねつ》ノ気《け》ニ被焼《やかれ》テ炎 盛《ほのほさかりなり》也。敢《あへ》テ不可近付《ちかづくべから》ズ。然《しか》レバ、水《みづ》ヲ懸《かけ》テ鍾《かね》ヲ冷《ひや》シテ、鍾《かね》ヲ取去《とりのけ》テ僧《そう》ヲ見《み》レバ、僧皆焼失《そうみなやけうせ》テ、骸骨尚《がいこつなほ》シ不残《のこら》ズ。纔《わづか》ニ灰許《はひばか》リ有《あ》リ。老 僧此《おいたるそうこ》レヲ見《み》テ、泣《な》キ悲《かなし》ムデ返《かへり》ヌ。⑨⑩

願により創建されたと伝える法相宗の寺だが、現在は天台宗。

⑨以降、道成寺の高僧の夢に大蛇と化した二人が現れる後日譚に続き、『法華験記』に見えない本文が続く。「其ノ後、老僧喜ビ悲ムデ、法花ノ威力《ゐりキ》ヲ弥《いよい》ヨ貴ブ事無限《かぎりな》シ。実《まこと》ニ法花経ノ霊験掲焉《けちえん》ナル事不可思議也。新タニ蛇身ヲ棄テ、天上ニ生ル、事、偏ニ法花ノ力也。此ヲ見聞ク人、皆法花経ヲ仰ギ信ジテ、書写シ読誦《どくじゆ》シケリ。亦、老僧ノ心難有《ありがた》シ。其レモ前世《ぜんしやう》ノ善知識ノ至ス所ニコソ有ラメ。此ヲ思フニ、彼ノ悪 女《あしきをんな》ノ僧ニ愛欲ヲ発《おこ》セルモ皆前世ノ契ニコソハ有ラメ」。これに続き、「然レバ、女人ノ悪心ノ猛キ事既ニ如《かくの》此《ごと》シ。此ニ依テ、女ニ近付ク事ヲ仏 強《あながち》ニ誡メ給フ。此ヲ知テ可止《とどむべ》キ也トナム語リ伝ヘタルトヤ」という処世訓の話末評語で閉じられる。

⑩次話は「女依法花力転蛇身生天語第四《をんなほふくゑのちからによりてじやしんをてんじててんにむまるることだいし》」

宇治拾遺物語《うじしゅういものがたり》

説話集。編者未詳。一五巻ないし上下二冊。治承四年～建久元年（一一八〇～一一九〇）頃成立とする説と、一二一〇年代から一三世紀前半の成立とする説がある。『今昔物語集』など先行説話集との共通説話が多い。飾らず、生き生きとした表現のなかに、人間に対する愛おしみをにじませる。本文は新編日本古典文学全集（小学館）による。

◆巻九-八・博打の子、聟入りの事

①博打うち。賭博をなりわいとする者。

②天下の美男子といわれる者。

③通い婚の初期段階。夜ごとに通っていたが。

④婿入りが正式なものになる段階。昼も一緒にいるような状態になった。

昔、①博打《ばくち》の子の年若きが、目鼻一所《ひとところ》にとり寄せたるやうにて、世の人にも似ぬありけり。二人の親、これいかにして世にあらせんずると思ひてありける所に、長者の家にかしづく女《むすめ》のありけるに、顔よからん聟《むこ》取らんと母の求めけるを伝へ聞きて、「②天《あめ》の下《した》の顔よしといふ、『聟にならん』とのたまふ」といひければ、長者悦《よろこ》びて、聟に取らんとて、日をとりて契《ちぎ》りてけり。その夜になりて、装束《さうぞく》など人に借りて、月は明《あか》かりけれど、顔見えぬやうにもてなして、博打ども集りてありければ、人々しく覚えて心にくく思ふ。

さて③夜々《よるよる》行《い》くに、④昼ゐるべき程になりぬ。いかがせんと思ひめぐらして、博打一人、長者の家の天井に上《のぼ》りて、二人寝たる上の天井をひしひしと踏み鳴らして、いかめしく恐ろしげなる声にて、「天の下の顔よし」と呼ぶ。家の内の者ども、「いかなる事ぞ」と聞き惑ふ。聟いみじく怖《お》ぢて、「おのれをこそ、世の人、『天の下の顔よし』といふと聞け。いか

⑤どういうつもりで返事をしたのか。
⑥おれが自分のものにして。
⑦一つの懲らしめ。
⑧歩び。「歩み」に同じ。

なる事ならん」といふに、三度まで呼べば、いらへつ。「これは⑤いかにいらへつるぞ」といへば、「心にもあらでいらへつるなり」といふ。鬼のいふやう、「この家の女は、⑥我が領《りやう》じて三年になりぬるを、汝《なんぢ》いかに思ひて、かくは通ふぞ」といふ。「さる御事とも知らで通ひ候ひつるなり。ただ御助け候へ」といへば、鬼、「いといと憎き事なり。⑦一《ひと》ことして帰らん。汝、命とかたちといづれか惜しき」といふ。聟、「いかがいらふべき」といふに、舅《しうと》、姑《しうとめ》、「何《なに》ぞの御かたちぞ。命だにおはせば。『ただかたちを』とのたまへ」といへば、教へのごとくいふに、鬼、「さらば吸ふ吸ふ」といふ時に、聟顔を抱《かか》へて、「あらあら」といひて臥《ふ》し転《まろ》ぶ。鬼は⑧あよび帰りぬ。

さて、「顔はいかがなりたるらん」とて、紙燭《しそく》をさして人々見れば、目鼻一つ所にとり据《す》ゑたるやうなり。聟《むこ》は泣きて、「ただ命とこそ申すべかりけれ。かかるかたちにて世の中にありては何《なに》かせん。かからざりつる先に、顔を一度《ひとたび》見え奉らで、大方《おほかた》は、かく恐ろしきものに領《りやう》ぜられたりける所に参りける、過《あやま》ちなり」とかこちければ、舅《しうと》いとほしと思ひて、「このかはりには、我が持ちたる宝を奉らん」といひて、めでたくかしづきければ、うれしくてぞありける。「所の悪《あ》しきか」とて、別《べち》によき家を造りて住ませければ、いみじくてぞありける。

古今著聞集《ここんちょもんじゅう》◆

説話集。橘成季編。二〇巻。建長六年（一二五四）一〇月成立。七〇〇余の説話を、勅撰和歌集の部立てにならい、神祇・釈教・公事・文学・和歌・管絃歌舞・能書・孝行恩愛・好色・武勇・弓箭・馬芸・相撲強力・画図・蹴鞠・博奕・偸盗・哀傷・闘諍・恠異・飲食・魚虫禽獣等の三〇編に分類する。百科事典的性格を持ち、王朝文化への憧憬も認められる。本文は新潮日本古典集成（新潮社）による。

西行法師、当時より①釈迦如来御入滅の日、終りをとらん事をねがひて、よみ侍りける、

　②ねがはくは花のもとにて春死なんその二月《きさらぎ》のもち月の比《ころ》

かくよみて、つひに③建久九年二月十五日に（或る本十六日云々）往生をとげてけり。この事を聞きて、④左近の中将定家朝臣、⑤菩提院の三位の中将のもとへ申し遣はし侍りける、

　⑥もち月の比はたがはぬ空なれどきえけん雲の行くへかなしな

返し、

　紫の色ときくにぞなぐさむるきえけん雲はかなしけれども

◆巻一三・西行法師、釈迦入滅の日の往生を願ふ事

①二月一五日入寂と伝わる。

②「山家集」七七。第一講参照。

③一一九八年。ただし実際の西行の命日は、文治六年（一一九〇）二月一六日。

④藤原定家。

⑤藤原公衡。建久四年（一一九三）二月没。

⑥「拾遺愚草」に「建久元年二月十六日、西行みまかりけるを、終り乱れざる由聞きて、三位中将のもとへ」として、次の「紫の…」の歌とともに載る。

第八講

伝承の妙

沙石集《しゃせきしゅう》◆

仏教説話集。無住道暁著。一〇巻。弘安二〜六年（一二七九〜八三）成立。古今東西の説話を例に引き、仏法や処世訓などを説く啓蒙書。霊験譚・高僧伝から、無住自身が見聞した諸国の事情、庶民生活の実態や信仰、芸能譚・滑稽譚・笑話まで多様な話題が、通俗・平易な筆致で軽妙に綴られている。本文は日本古典文学大系（岩波書店）による。

或《ある》山寺ノ坊主、①慳貪《けんどん》ナリケルガ、飴《あめ》ヲ②治《ぢ》シテ只一人クヒケリ。ヨクシタタメテ、棚ニ置《おき》棚ニ置《おき》シケルヲ、一人アリケル小児《こちご》ニクハセズシテ、「是《これ》ハ人ノ食《くひ》ツレバ死《しぬ》ル物ゾ」ト云《いひ》ケルヲ、此児《このちご》、アハレクハバヤクハバヤト思《おもひ》ケルニ、坊主他行《たぎやう》ノ隙《ひま》ニ、棚ヨリ取《とり》オロシケル程ニ、打《うち》コボシテ、小袖ニモ髪ニモ付《つけ》タリケリ。日来《ひごろ》ホシト思《おもひ》ケレバ、二三杯ヨクヨク食《くひ》テ、坊主ガ秘蔵《ひさう》ノ水瓶《みづがめ》ヲ、③アマダリノ石ニ打《うち》アテテ、打破《うちわり》テオキツ。坊主帰《かへり》タリケレバ、此児サメホロト泣ク。「何事ニ泣《なく》ゾ」ト問ヘバ、「大事ノ御水瓶ヲ、アヤマチニ打破《うちわり》テ候時ニ、イカナル④御勘当《ごかんだう》カアラムズラムト、口惜《くちをしく》覚《おぼえ》テ、命生《いき》テモヨシナシト思《おもひ》テ、人ノ

◆巻八-一一・児ノ飴クヒタル事

①けちで欲深いさま。

②作る。

③雨だれで軒先の下の土が掘れるのを防ぐために置く石。

④お叱り。

クヘバ死《しぬ》ト被《られ》レ仰《せ》候物ヲ、一杯食《くへ》ドモ不レ死《な》、二三杯マデタベテ候《さふら》ヘドモ大方《おほかた》不レ死《な》。ハテハ小袖ニ付《つけ》、髪付《かみにつけ》テ侍レドモ、未死候《いまだしにさふら》ハズ」トゾ云《いひ》ケル。

飴ハクハレテ、水瓶ハワラレヌ。慳貪ノ坊主所レ得ナシ。児《ちご》ノ智恵ユユシクコソ。学問ノ器量モ、無下ニハアラジカシ。

十訓抄《じっきんしょう》◆

説話集。作者は六波羅二臈左衛門入道（湯浅宗業）説が有力だが、菅原為長説もある。三巻。建長四年（一二五二）序。仏典「十善業道経」に発想を得て、「十訓」といわれる十ヶ条の教訓を掲げ、先行説話集から求めた教訓的な説話をそれぞれの例話として通俗に説く。年少者の啓蒙を目的とする。本文は新編日本古典文学全集（小学館）による。

◆中・六（忠直を存ずべき事）ノ三五

①伝未詳。「絵仏師」は、仏像・仏画の製作や寺院の装飾に携わった僧侶。「宇治拾遺物語」に同話が載る。

①絵仏師《ゑぶつし》良秀《りやうしう》といふ僧ありけり。家隣より火出で来たりぬ。おしおほひてければ、大路《おほち》へ出でにけり。人の書かする仏《ほとけ》もおはしけり。また、ものもうちかづかぬ妻子なども、さながらありけり。それをも知らず、身ばかり、ただ一人出でたるをことにして、むかへのつらに立てりけり。
火、はやわが家に移りて、煙、炎、くゆりけるを見て、おほかたさりげなげにてながめ

ければ、知音《ちいん》どもとぶらひけれども、さわがざりけり。「いかに」と見れば、むかへに立ちて、家の焼くるを見て、うちうなづき、うちうなづきして、時々笑ひて、「あはれ、しつる②所得《しよとく》かな。年ごろわろく書きけるものかな」といふ時、とぶらひ来たる者ども、「こはいかに。かくてはあさましきことかな。もののつき給《たま》へるか」といへば、「何条《なんでふ》、もののつくべきぞ。年ごろ③不動尊《ふどうそん》の火炎を悪《あ》しく書きけるなり。はや、見取りたり。これこそは所得よ。この道を立てて、世にあらむには、仏をだによく書き奉らば、百千の家も出《い》で来たりなむずるものを。④我党《わたう》こそさせる能《のう》をもおはせねば、物を惜《を》しみ給へ」といひて、あざわらひて立てりけり。そののちにや、⑤良秀《りやうしう》が「よぢり不動」とて、人々めであへりけり。

をこがましく聞《きこ》ゆれども、⑥右府《うふ》の振舞《ふるまひ》に似たり。

①かやうのかたは、②福原大相国禅門《ふくはらだいしやうこくぜんもん》の③わかがみ、いみじかりける人なり。折悪《をりあ》しく、にがにがしきことなれども、その主《ぬし》のたはぶれと思ひて、しつるをば、かれがとぶらひに、をかしからぬ④ゑをも笑ひ、いかなる誤りをし、物をうち散らし、あさましきわざをしたれども、いひがひなしとて、荒き声《こゑ》をも立てず。

冬寒きころは、小侍《こさぶらひ》どもわが衣の裾《すそ》の下に臥《ふ》せて、つとめては、かれらが朝寝《あさい》したれ

②得。もうけもの。
③五大明王の一つ。不動明王。悪魔降伏のため、忿怒の相で、背に火炎を負う。
④お前たち。親しい者や目下の者を呼ぶ言葉。
⑤醍醐寺に「良秀のよじり不動」と伝えられる絵が伝存している。
⑥藤原実資。平安時代の公卿で賢人と称された。実資は、家の燃えるのを天の命ずるところだといって、消さなかったという。なお「宇治拾遺物語」には「をこがましく」以下の一文はない。

◆中・七（思慮を専らにすべき事）ノ二七
①こうしたことについては。前段で、心くばりの重要性が述べられている。
②平清盛。第十講「平家物語」六「入道死去」参照。
③若かった頃。

④意不明。「笑《ゑ》をも笑ひ」で、笑う意か。
⑤一人前の人物であるということ。

ば、やをらぬき出でて、思ふばかり寝させけり。

召し使ふにも及ばぬ末《すゑ》のものなれども、それがかたざまのものの見るところにては、⑤人数なる由《よし》をもてなし給ひければ、いみじき面目にて、心にしみて、うれしと思ひけり。かやうの情けにて、ありとあるたぐひ思ひつきけり。

人の心を感ぜしむとはこれなり。

撰集抄《せんじゅうしょう》◆

仏教説話集。西行作と仮託される。九巻。一三世紀中期成立。神仏の霊験譚・寺院の縁起譚・高僧譚・往生譚・発心遁世譚など一二一話（略本は五八話）を載せるとともに理想の遁世生活を描く。後人の仮託ではあるものの、江戸時代までは西行自作と信じられており、漂泊の歌人という西行像の礎を築いた本作品の意義は大きい。本文は岩波文庫（岩波書店）による。

◆巻五・一五・西行於二高野奥一造レ人事

①現和歌山県伊都郡高野町。高野山金剛峯寺の門前町。奥は奥の院で、弘法大師入定の地。

おなじき比《ころ》、①高野の奥に住みて、月の夜ごろには、②ある友だちの聖ともろともに、橋の上にゆきあひ侍りてながめながめし侍りしに、此聖、「京になすべきわざの侍る」とて、情なくふり捨ててのぼりしかば、何となう、おなじ憂き世を厭ひし花月の情をもわきまへらん友こひしく侍りしかば、おもはざるほかに、鬼の、人の骨をとり集めて人につくりなす例《ためし》、信ずべき人のおろおろ語り侍りしかば、そのままにして、ひろき野に出《いで》て、骨をあみ連ねてつくりて侍りしは、人の姿には似侍れども、色も悪しく、すべて心も侍らざりき。声はあれども、絃管《げんくわん》の声のごとし。げにも、人は心がありてこそは、声はとにもかくにも使はるれ。ただ声の出《いづ》べきはかり事ばかりをしたれば、吹き損じたる笛のごとくに侍り。

おほかたは、是程に侍るも不思議也。さて、是をばいかがせん、破らんとすれば、殺業《せつごう》にや侍らん。心のなければ、ただ草木と同じかるべしと思へば、人の姿也。しかじ破らざらんにはと思ひて、高野の奥に人もかよはぬ所に置きぬ。もし、おのづからも人の見るよし侍らば、化け物なりとやおぢ恐れん。

さても、此事不審に覚えて花洛に出《いで》侍りし時、教へさせおはしし③徳大寺へ参り侍りしかば、御参内の折節にて侍りしかば、空しくかへりて、④伏見の前の中納言師仲の卿のみもとに参りて、此事を問ひ奉り侍りしかば、「なにとしけるぞ」と仰せられし時に、「その事に侍り。広野に出て、人も見ぬ所にて、死人の骨をとり集めて、頭《かしら》より足手の骨をたがへでつづけ置きて、⑤砒霜《ひさう》と云薬を骨に塗り、いちごとはこべとの葉を揉みあはせて後、藤もしは糸なんどにて骨をからげて、水にてたびたび洗ひ侍りて、頭とて髪の生ゆべき所にはさ⑥いかいの葉とむくげの葉を灰に焼きてつけ侍り。土のうへに畳をしきて、かの骨を伏せ

②西住。『山家集』に「同行」（志を同じくして仏道修行に励む人）と記される。俗名源次兵衛末政、西行と在俗以来の終生の友。「高野の奥の院の橋の上にて、月明かかりければ、もろともにながめ明かして、その頃、西住上人京へ出でにけり。その夜の月忘れ難くて…」（山家集・一一五七）の詞書を説話化する。

③徳大寺家。左大臣実能―右大臣公能―左大臣実定（後徳大寺左大臣）。西行はかつて実能の家人であった。

④源師仲。平治の乱に連座し下野国に流されたが、後に許されて伏見に住み、伏見中納言と呼ばれた。

⑤ヒ素。毒性が強い薬品。

⑥サイカチ。マメ科の落葉高木。

て、おもく風もすかぬやうにしたためて、二七日置いて後、その所に行きて、沈《ぢん》と香《かう》とを焚きて、反魂《はんごん》の秘術を行ひ侍りき」と申侍りしかば、「おほかたはしかなん。反魂の術猶《なを》日あさく侍るにこそ。我は、思はざるに⑦四条の大納言の流をうけて、人をつくり侍りき。いま卿相にて侍れど、それとあかしぬれば、つくりたる人もつくられたる物もとけ失せぬれば、口より外《ほか》には出《い》ださぬ也。それ程まで知られたらんには教へ申さむ。香をばたかぬなり。その故は、香は魔縁をさけて聖衆をあつむる徳侍り。しかるに、聖衆生死を深くいみ給ふほどに、心の出《いで》くる事難《かた》き也。沈《ぢん》と乳《ち》とを焚くべきにや侍らん。又、反魂の秘術をおこなふ人も、七日物をば食ふまじき也。しかうしてつくり給へ。すこしもあひたがはじ」とぞ仰せられ侍り。

　しかれども、よしなしと思ひかへして、其後はつくらずなりぬ。

⑦藤原公任。詩歌諸芸の才人として知られ、故実にも通じていた。長久二年（一〇四一）没。

第九講 「ムサノ世」到来

保元物語《ほげんものがたり》

軍記物語。作者・成立未詳。保元の乱（一一五六）の顛末を描く。前半で崇徳院と後白河天皇の対立、摂関家の藤原頼長と忠通との確執、院方の源為義・為朝、天皇方の源義朝・平清盛の合戦の過程を語り、後半、院方の敗北、崇徳院の流罪、頼長の死去、為義の死罪などを悲劇的に語る。合戦描写では為朝を超人的に描出する。本文は新編日本古典文学全集（小学館）による。

その後、判官①を召されて、合戦の次第御尋ねあり。為義、長絹②の直垂《ひたたれ》に、黒糸縅の鎧着て、③白髪《はくはつ》糟尾《かすを》に過ぎ、容儀・事柄おとなしやかにて、あつぱれ大将軍やとぞ見えし。畏りて申しけるは、「以前申し上げ候ひつるごとく、為義、未だ合戦に練ぜざる者にて候ふ。④為朝冠者を召され候ひて、仰せ含めらるべし」とて、罷り立つ。彼の為朝は、さる者ありとは予《かね》て聞し召しおかれたる上、「父、これ程挙し申すあひだ、様《やう》あるべし」とて、召し出ださる。気色《きしよく》・事柄・頬魂《つらたましひ》・実《まこと》にいかめしげなる者なり。その長《たけ》七尺⑤に余りたれば、普通の者には二・三尺ばかり差し顕れたり。生まれ付きたる弓取にて、弓手⑥の腕《かひな》妻手よ

◆上・新院御所各門々固めの事付けたり軍評定の事

①源為義。義親の四男で義家の養子。この時六一歳。

②堅く光沢をもった絹。

③ごま塩頭という以上の白髪。

④為義の八男。この時一九歳。

⑤二m強。一尺は約三〇cm。

⑥「弓手」は左手、「妻手」は右手。四寸は約一二cm。

り四寸長かりければ、矢束《やづか》を引く事⑦十五束《そく》、弓は⑧八尺五寸、長持の⑨朸《あふこ》にも過ぎたり。

（中略）

鎧軽げに着なし、小具足⑩つまやかにして、弓脇に挟み、烏帽子引き立て、ゆるぎ出《い》でたる形勢《ありさま》、彼の⑪東八《とうはち》毘沙門《びしやもん》の、悪魔降伏せんとて、忿怒の形を顕したまふらんも、かくやと思えておびたたし。いかなる悪魔⑫行疫神《ぎやうやくじん》なりとも、面を向ふべしとは見えざりけり。

間近く打ち寄せて、「この門を固《かた》められて候ふは、誰人ぞ。かう申すは、⑬下野守源義朝、宣旨を蒙りて向ひ候ふはいかに」。八郎、「同じ氏《うぢ》、鎮西八郎為朝、院宣を奉りて固めて候ふ」。義朝、「こはいかに。宣旨に依りて向ひたりと云はば、急ぎ退き候へかし。争《いか》でか、勅命と云ひ、兄に向ひて弓を引くべき。冥加《みやうが》の尽きんずるは何《いか》に」。八郎、あざ咲《わら》ひて、「為朝が兄に向ひて弓を引き、冥加尽き候はば、いかに、殿は、現在の父に向ひて弓をば引かれ候ふぞ。殿は宣旨に随ひて向ひたりと仰せられ候ふ。為朝は院宣を奉りて固めて候ふ。院宣と宣旨と、いづれ甲乙か候ふ」と云ひ云ひ、見渡して見れば、⑭五段ばかりは隔てたるらんと思ゆるに、⑮馬居《むまゐ》・事柄、群に抜けて、「あつぱれ大将軍や」とぞ見えし。⑯詞《ことば》戦《たたか》ひすとて、立ち透《すか》したる⑰内甲《うちかぶと》、夜の明くるに随ひて、白々《しらじら》と見ゆれば、「あつぱれ、射よげなるものかな。天の授けたまへる上は、ただ一矢《ひとや》に射落して捨てん」とて、例の⑱先細《さきぼそ》

⑦一束は親指以外の指四本の幅。
⑧標準の弓の長さは七尺五寸。
⑨木製の棒。
⑩こぢんまりとして。
⑪兜跋毘沙門天。西域兜跋国に現れた北方を守護し外敵を撃退する武神。塔と剣を両手に持ち地神と二邪鬼の上に立つ。
⑫流行病を広める疫病神。

◆中・白河殿攻め落す事
⑬為義の嫡男。この時三四歳。
⑭約五五m。一段は約一一m。
⑮馬に乗っているさま。
⑯本格的な戦闘に先立ち、互いに言葉で敵を攻撃すること。
⑰甲の内側の顔面。
⑱為朝の矢は、鑿のようなものを先細に尖らせた大きな鏃の特別な矢。
⑲後白河天皇と崇徳院。いずれも鳥羽院の皇子。
⑳藤原忠通と頼長。いずれも忠実の男。

を打ち番《つが》ひ、打ち上げ、引かんとしけるが、「待てしばし。軍《いくさ》も未だ半ばなるに、大将軍をただ一矢に射落さん事、無下に情けなかるべし。なかんづくに、⑲主上・上皇も御兄弟にてまします。⑳関白殿と左大臣殿とまた御兄弟。判官殿と下野殿と、内内云ひ合せて、『汝は内裏へ参れ。我は院へ参らん。主上軍に勝ちたまはば、汝を頼みて我は参らん。院軍に勝たせたまはば、我を頼みて汝は参れ』と、約束などをやしたまひつらん。そも知らず。また敵も敵にこそよれ、我が身は㉑いやいやの弟なり。あへなく射落し奉りては、もし後悔する事もや」とて、㉒矧《は》げたる矢をはづす。また、㉓表矢《うはや》の鏑を矧げ替へて、「㉔首藤《すどう》九郎、これ見よ、家季《いへすゑ》。㉕中差《なかざし》にて下野殿を射落し奉らんと思へども、旁々《かたがた》存ずる旨あれば、疵は付け申すまじ。㉖矢風《やかぜ》ばかりを引かせ奉りて、肝《きも》つぶさせ申さん」とて、㉗拳高《こぶしだか》に差し上げて、鏑《かぶら》の上までからりと引き懸けて放たれたり。御所中、陣の内、響き渡りて、義朝の甲の㉘星七つ八つさつと射削りて、遥かに後ろなる㉙宝荘厳院《ほうしやうごんゐん》の門の扉の、厚さ五、六寸ばかりなるが、㉚金物《かなもの》ぐくみに、㉛箆中《のなか》過ぎてぞ立ちたりける。鏑はざつと割れて落つ。兵《つはもの》ども、ばつと騒ぎてあきれたり。

下野守、目も眩《く》れ、心も乱れて、既に馬より落ちぬべかりけるに、鞍《くら》の前輪《まへわ》を強く押へ、㉜弓杖《ゆんづゑ》にすがり、鐙《あぶみ》を踏み静めて、内甲をさぐりまはすに、血も流れず、疵もなし。心地少し安堵して、さりげなくもてなし、「八郎は、聞きしには似ず、㉝手こそあばらなれ。

㉑ずっと下の弟。「いやいや」はずっと程度が異なること。為朝は義朝より一五歳年少の上、間に兄が七人いる。
㉒弓につがえた矢。
㉓箙に差す際に表側に差す矢。
㉔為朝の乳母子家季。
㉕箙に差す際に内側に差す矢。
㉖射られた矢が飛ぶ時に生ずる風。矢風が聞こえるほどぎりぎりに外して脅かそうとした。
㉗握り拳を高く。
㉘甲の鉢の鉄片を継ぎ合わせるために大形に作った鋲の頭。
㉙鳥羽院が造営した九体阿弥陀堂。白河北殿の大炊御門西門向かいにあった。
㉚金具を引っくるめて。
㉛矢柄の中ほど越えるまで深く。
㉜弓を杖に身を支えること。
㉝腕前は粗雑なことよ。

さすがに義朝程の敵をばかうは射んずるか。この定《ぢやう》にては、㉞八龍《はちりゆう》に裏掻《か》かせん事はよも適《かな》はじ」と打ち咲へば、為朝、「さん候ふ。一の矢においては、旁々存ずる旨が候ひて、態《わざ》と㉟色代《しきだい》申し候ひぬ。御鎧をば八龍とは見て候ふよ。何にてもあれ、二の矢においては申し請《う》けんずる候ふ。㊱矢坪《やつぼ》を差して奉り候はん。㊲真向《まつかう》、頸《くび》の骨は恐れも候ふ。㊳屈継《くつけい》、㊴弦《つる》切《きり》、㊵弦走《つるはしり》、㊶障子《しやうじ》の板、㊷脇楯《わきだて》の上、ここを射よと、鞭《むち》の先にて打ち叩きて、御前の雑人《ざふにん》を退《の》けられ候へ」とて、手ぐすねを引き、そぞろ引きてぞ向ひたる。下野守、「矢風は以外《もつてのほか》にけはし。疵付かぬこそ不思議なれ。奴は、一定《いちぢやう》、今度は助けも置かず、射落してんず」と思はれければ、聞かぬやうにもてなして、宝荘厳院の門の脇へ引き退きて、「武蔵・相模の若者ども、駆け出でて、軍《いくさ》せよや」とぞ下知したる。

㉞源氏に代々伝わる鎧で、後三年合戦の時、八幡大菩薩の使者の神が八陣守護のため、金で八大龍王の形を打ち出したので八龍と名づけたという。
㉟社交辞令の形式的な挨拶。
㊱矢を射る時の狙い所。

㊲額の正面。

㊳鎧の左側の脇壺。

㊴鎧の胸板の右の隙間を覆うもの。栴檀板。

㊵鎧の胴の正面から左脇にかけての部分。弓の弦があたるのを防ぐために染革で包む。弦走の板。

㊶鎧の左右の肩の上方部。袖の冠板が首に当たるのを防ぐ半円状の鉄板。

㊷鎧の胴の右側の引き合わせ（隙間）をふさぐもの。

平治物語《へいじものがたり》

軍記物語。作者・成立未詳。平治の乱（一一五九）の顛末を描く。後白河院の近臣信西と藤原信頼とが対立し、信頼が源義朝を語らって乱を起こすが、平清盛によって鎮圧される。乱後、信頼は処刑、義朝は尾張国で謀殺、子の頼朝は伊豆国蛭小島へ流罪となる。義朝の嫡男悪源太義平の活躍を描くとともに、義朝の三子を連れて彷徨う常葉の悲恋も語られる。本文は新編日本古典文学全集（小学館）による。

①先途《せんど》程《ほど》遠き、思ひを大和なる②宇陀《うだ》の郡《こほり》に籠め、後会期《こうくわいご》し遥かなる、袂《たもと》は暁《あかつき》の故郷の涙に萎《しを》れつつ、慣らはぬ旅の朝立ちに、野路《のぢ》・山路《やまぢ》も見え分かず。比《ころ》は二月《きさらぎ》十日なり。③余寒猶烈しくて、雪は隙《ひま》なく降りにけり。④今若殿《いまわかどの》を先に立て、乙若殿《おとわかどの》を手を引き、牛若殿《うしわかどの》を懐《ふところ》に抱き、二人《ににん》の幼い人々には物も履《は》かせず、氷の上を裸足にてぞ歩ませける。「寒や、冷たや、母御前」とて、泣き悲しめば、衣をば幼い人々に打ち着せて、嵐⑤ののどかなる方《かた》に立てて、我が身は烈しき方に立ち、⑥はぐくみけるぞあはれなる。

⑦小袖《こそで》を解《と》きて脚を包むとて、常葉、言ひけるは、「いま少し行きて、⑧棟門《むなかど》立ちたる所あり。これは、敵《かたき》清盛の家なり。声を出《い》だして泣くならば、捕らはれて、失はれんず。命惜しくは、泣くべからず」と言ひ含めて、歩ませける。棟門立ちたる所を見て、今若殿、「これ候《ざうら》ふか、敵の門は」と問へば、泣く泣く、「それなり」と打ち頷《うなづ》く。「さては、乙若

◆下・常葉落ちらるる事

①「前途程遠し、思ひを雁山の暮《ゆふべ》の雲に馳す。後会期遥かなり、纓を鴻臚の暁の涙に霑《うる》す」（本朝文粋・九、和漢朗詠集・餞別、大江朝綱）。行く手の遠さと再会期し難い惜別の思いを歌った。「平家物語」七「忠度都落」で著名。

②現奈良県宇陀郡。

③立春後の寒さ。

④「今若」は後の全成、「乙若」は後の義円、「牛若」は後の義経。

⑤嵐の風の弱い方に子どもを立たせて。

⑥いたわり守る。

殿も泣くべからず。我も泣くまじき」と言ひながら、歩みけるに、小袖にて脚は包みたれども、氷の上なれば、程《ほど》なく切れ、過ぎ行く跡は血に染みて、顔は涙に洗ひかね、とかうして、⑨伏見の姨《をば》を尋ねて入りにけり。

「日頃、源氏の大将軍⑩左馬頭殿《さまのかうのとの》の北の方《かた》とて、一門中の上﨟《じやうらふ》にして、もてなしき。まして、自づから来たりしをば、世になきことのやうに思ひしに、今は謀叛の人の妻子《めこ》なれば、いかがあらんずらん」とて、姨は、⑪ありしかども、なき由《よし》をこそ答《いら》へける。「さりとも、来たらぬことはあらじ」とて、日の暮れまで、つくづくと待ち居《ゐ》たれども、言問《ことと》ふ者もなかりければ、幼い人々引き具して、常葉、泣く泣く出でにけり。

⑫寺々の鐘の声、今日も暮れぬと撞《う》ち知られ、人を咎むる里の犬、声澄む程に夜《よ》はなりぬ。柴折りくぶる民の家の、煙絶えせざりしも、田面《たづら》を隔てて遥かなり。⑬梅の花を折りて挿頭《かざし》に挿《さ》し挟まねども、二月《じげつ》の雪、衣に落つ。尾上《をがみ》の松もなければ、松が根に出でて宿るべき木蔭《こかげ》もなく、⑭人の跡は雪に埋《うづ》もれて、問ふべき戸ざしもなかりけり。

或る小家《こいへ》に立ち寄りて、「宿申さん」と言へば、主の男、出でて見て、「ただ今夜更けて、幼い人々を引き具して迷はせたまふは、謀叛人の妻にてぞましますらん。適ふまじ」とて、男、内《うち》へ入りにけり。落つる涙も降る雪も、左右《さう》の袂に所狭《ところせ》く、⑮柴の編戸に顔を当てて、絞りかねてぞ立ちたりける。主人《あるじ》の女、出でて見て、言ひけるは、「我ら、⑯甲斐がひ

⑦袖口を狭くした肌着。
⑧平門に対し、屋根や棟のある門。公卿や、格式の高い武士の邸宅に立てられた。
⑨現京都市伏見区。
⑩義朝。
⑪家の中にいたけれども、いない旨を。
⑫以下「戸ざしもなかりけり」まで、道行文。
⑬「松根に倚《よ》て腰を摩れば、千年の翠《みどり》手に満てり、梅花を折て頭に挿《きしはさ》めば、二月の雪衣に落つ」（和漢朗詠集・春・子日・尊敬）。
⑭人が通った足跡。
⑮柴を編んで作った戸。粗末な家のさまを表す。
⑯頼り甲斐のある立派な身分ではないので。
⑰女はどれも、区別のない同じようなもの。

しき身ならねば、謀叛人の人に同意したるとて、咎めなんどはよもあらじ。貴きも賤《いや》しきも、⑰女は一つ身なり。入らせたまへ」とて、常葉を内へ入れて、様々にもてなしければ、人心地《ひとごこち》にぞなりにける。二人の幼い人を左右に置き、一人《いちにん》懐に抱き、口説《くど》きけるは、「あはれ、いとけなき有様かな。母なれば、我こそ助けんと思ふとも、敵捕り出だしなば、情けをや置《お》くべき。少し大人《おとな》しければ、今若殿をば斬るか、乙若殿をば刺し殺すか、無下《むげ》に幼ければ、牛若殿をば水に入るるか、土にこそ埋まれんずらめ。その時、我、いかがせん」と、夜もすがら泣き悲しみけり。

　さる程に、⑱兵衛佐頼朝《ひやうゑのすけよりとも》は、伊豆国⑲蛭小島《ひるがこじま》へ流さるべしと定めらる。⑳池殿《いけどの》、この由聞きたまひ、㉑宗清《むねきよ》がもとへ、「頼朝を具して参れ」と宣《のたま》ひければ、弥平兵衛《やへいびやうゑ》宗清、兵衛佐殿を具し奉り、参りたり。池殿、頼朝を近く呼び寄せ、姿をつくづくと見たまひて、「実《げ》に、家盛《いへもり》が姿に少しも違《たが》はず。あはれ、都辺《みやこへん》に置いて、㉒家盛が形見に、常に呼び寄せて慰まばや。遥々伊豆国まで下さんことこそうたてけれ。わ殿《どの》は、家盛と思ひ、春秋の衣装は一年に二度《ふたたび》下すべし。尼をば母と思ひ、空しくならば㉓、後世《ごせ》をも弔《とぶら》ふべし。また、伊豆国は鹿《しし》多き所にて、常に㉔国人《くにびと》寄り合ひて狩する所にてあるなるぞ。人と寄り合ひ、狩などして、『流され人の思《うど》ふやうに振舞ふこと』とて、国人に訴《うた》へられ、二度憂き目見るべから

◆下・頼朝遠流の事 付けたり守康夢合せの事

⑱義朝の嫡男（三男）。

⑲現静岡県田方郡韮山。

⑳池禅尼。平忠盛の後妻で清盛の継母。家盛・頼盛の生母。崇徳院皇子重仁親王の乳母。

㉑弥平兵衛宗清。平季宗の子。平氏主家に仕えた家貞の甥でその子貞能の従兄弟。頼盛の郎等。

㉒忠盛の二男。久安五年（一一四九）三月、鳥羽院の熊野参詣に供奉した帰途、宇治川で死去。享年は二三歳か。

㉓私が死んだならば。

㉔その土地に住む人々。

㉕出家して。

㉖永暦元年（一一六〇）。頼朝

ず」と宣へば、兵衛佐殿、畏《かしこ》まつて、「争《いか》でかさやうの振舞候ふべき。㉕髻《もとどり》をも切り、父の後世をも弔ひ申さばやとこそ存じて候へ」と申されければ、「よく申すものかな」とて、池殿、涙を流されける。「疾《と》く疾く」と宣へば、御前を出でられけり。

　㉖同じく三月十五日に、官人《くわんにん》ども相具して、都を出でられけるが、㉗粟田口《あはたぐち》に駒《こま》を止《とど》めて、都の名残を惜しまれけり。㉘越鳥南枝《ゑつてうなんし》に巣をくひ、胡馬北風《こばほくふう》に嘶《いば》ふ。畜類《ちくるい》猶故郷の名残を惜しむ。いかに況《いはん》や、人間においてをや。人は皆、流さるるを泣けども、兵衛佐殿は喜びなり。「頼朝流さるる、いざや見ん」とて、㉙山法師・寺法師、大津の浦に市をなしてぞ立ちたりける。頼朝を見て、「㉚眼威《まなこゐ》・事柄、人には遥かに越えたりける。これを伊豆国に流し置かば、㉛千里の野に虎の子を放つにこそあれ。恐ろし恐ろし」とぞ申しける。

　弥平兵衛宗清、名残を惜しみ奉りて、打ち送り申す程に、兵衛佐殿、㉜瀬田《せた》の橋を過ぎたまふとて、「あれに見ゆる森は、いかなる所ぞ」と宣へば、「㉝建部《たけべ》の宮とて、㉞八幡《はちまん》を斎《いは》ひ進《まゐ》らせて候ふ」と申せば、「さらば、今夜、㉟通夜《つや》して、暇《いとま》申し、下らばや」と宣へば、宗清、申しけるは、「『頼朝こそ流されけるが、宿《しゆく》には着かずして、山林に泊まりけるよ』と、平家に聞《きこ》し召されては、いかが候はんずらん」と申せども、「氏《うじ》の御神に暇申さん。何か苦しかるべき」と宣ひければ、建部の宮へ入れ奉る。「南無八幡大菩薩、今一度、都へ返し入れさせたまへ」と祈られけるこそ恐ろしき。

はこの年一四歳。
㉗現京都市東山区粟田口。鴨川の東、三条大路の末。東海、東山両道の出入口。
㉘「胡馬は北風に嘶ふ、越鳥は南枝に巣くふ」（玉台新詠・一。文選・古詩は「嘶」を「依」とする）。親しんだ故郷を思う心を示す。
㉙比叡山延暦寺僧と三井寺僧。
㉚目つき。
㉛大きな災いの元になる意の諺。「源平盛衰記」一七に、清盛が「（頼朝を流罪にしたことは）盗人ニ鑰ヲ預ケ、千里ノ野ニ虎ヲ放テルガ如シ、イカガスベキ」と言ったとある。
㉜現滋賀県大津市の瀬田川にかかる東海道の橋。交通の要路。
㉝瀬田川東岸の大津市神領にある、近江国の一の宮。
㉞八幡神。清和源氏が氏神として崇めたことから武神的性格を帯び、広く武士に信仰された。
㉟寺社に参詣し、仏神に夜通し祈願すること。

第十講 無常なるもの

平家物語《へいけものがたり》◆

軍記物語。『徒然草』は信濃前司行長を作者と伝えるが不明。成立未詳。前半に平清盛を中心とする平家一門の興亡、清盛の悪行とその死を描く。後半、木曽義仲の動向と討死、一谷合戦・屋島合戦・壇浦合戦での源義経の活躍を描き、平家の滅亡のさまを語る。多くの諸本があり、読み本系と語り本系とに大別され、語り本系諸本はさらに断絶平家型と灌頂巻特立型とに分けられる。本文は語り本系のうちの覚一本を底本にした、新編日本古典文学全集（小学館）による。

◆巻六・入道死去
①治承五年（一一八一）二月。
②清盛の三男。母は時子。
③清盛。忠盛の嫡男。「入道相国」は出家した太政大臣の意。
④病気。
⑤現京都市東山区の六波羅蜜寺付近。
⑥そら、してやったぞ。

①同《おなじき》廿七日②前右大将宗盛《むねもり》卿、源氏追討の為に東国へ既に門出ときこえしが、③入道相国④違例の御心地とてとどまり給ひぬ。明くる廿八日より、重病をうけ給へりとて、京中、⑤六波羅、「⑥すはしつる事を」とぞささやきける。入道相国やまひつき給ひし日よりして、水をだにのどへも入れ給はず。身の内のあつき事、火をたくが如し。ふし給へる所四五間《けん》が内へ入る者は、あつさたへがたし。ただ宣ふ事とては、⑦あたあたとばかりなり。すこしもただ事とはみえざりけり。比叡山より⑧千手井《せんじゅゐ》の水をくみくだし⑨石の舟にたたへて、それにお

りてひえ給へば、水おびたたしくわきあがッて、程なく湯にぞなりにける。もしやたすかり給ふと⑩筧《かけひ》の水をまかせたれば、石やくろがねなンどの焼けたるやうに、水ほとばしッて寄りつかず。おのづからあたる水は、ほむらとなッてもえければ、黒煙《くろけぶり》殿中にみちみちて、炎うづまいてあがりけり。是や昔⑪法蔵僧都《そうづ》といッし人、⑫閻王の請《しやう》におもむいて、母の⑬生所《しやうじよ》を尋ねしに、閻王あはれみ給ひて、獄卒をあひそへて、⑭焦熱地獄へつかはさる。くろがねの門の内へさし入れば、流星なンどの如くに、ほのほ空へたちあがり、⑮多百由旬《たひやくゆじゆん》に及びけんも、今こそ思ひ知られけれ。

入道相国の北の方、⑯二位殿の夢にみ給ひける事こそおそろしけれ。猛火《みやうくわ》のおびたたしくもえたる車を、門の内へやり入れたり。前後に立ちたるものは、或は⑰馬の面《おもて》のやうなるものもあり、或は牛の面のやうなるものもあり。車のまへには、無といふ文字ばかりぞ見えたる、鉄《くろがね》の札をぞ立てたりける。二位殿夢の心に、「あれはいづくよりぞ」と御たづねあれば、「閻魔の庁より、平家太政入道殿の御迎《おんむかひ》に参ッて候」と申。「さて其札は何といふ札ぞ」ととはせ給へば、「⑱南閻浮提《なんえんぶだい》金銅十六丈の盧遮那仏《るしやなぶつ》焼きほろぼし給へる罪によッて、⑲無間《むけん》の底に堕ち給ふべきよし閻魔の庁に御さだめ候が、無間の無をば書かれて、間の字をばいまだ書かれぬなり」とぞ申しける。二位殿うちおどろき、あせ水になり、是を人々にかたり給へば、きく人みな身の毛よだちけり。霊仏霊社に⑳金銀七宝《こんごんしつぽう》を投げ、馬鞍、

⑦「熱い熱い」の訛。
⑧比叡山東塔西谷の行光坊の下にある井戸。
⑨石で造った浴槽。
⑩竹や木をくり抜いて懸け渡し、水を引く桶。「まかす」は水を引くこと。
⑪第四六代東大寺別当。以下の話は『元亨釈書』四に載る。
⑫閻魔大王。
⑬生まれ変わった所。
⑭八大地獄の一。殺生・偸盗・邪淫・妄語・飲酒・邪見の者が堕ち、体を焼かれ苦しむ。
⑮非常に高い意。「由旬」は距離の単位。
⑯清盛の妻時子。二位尼。
⑰頭は牛や馬で、体は人間の、地獄の獄卒。牛頭馬頭。
⑱人間世界にたった一つの盧遮那仏の意で、東大寺の大仏を指す。大仏の実際の高さは五丈三尺五寸（五丈三尺五寸とも）だが、十六丈と言うことが多い。以仁王挙兵以来奈良僧徒の反発が絶えず、清盛は治承四年一二

鎧甲、弓矢、太刀、刀にいたるまで、とりいではこび出しいのられけれ共、其しるしもなかりけり。男女の君達あと㉑枕にさしつどひて、いかにせんとなげきかなしみ給へども、かなふべしとも見えざりけり。

同閏二月二日、二位殿あつうたへがたけれども、御枕の上によッて、泣く泣く宣ひけるは、「御有様み奉るに、日にそへてたのみずくなうこそ見えさせ給へ。此世におぼしめしおく事あらば、すこしもののおぼえさせ給ふ時、仰せおけ」とぞ宣ひける。入道相国、さしも日来《ひごろ》はゆゆしげにおはせしかども、まことに苦しげにて、いきの下に宣ひけるは、「われ保元、平治よりこのかた、度々《どど》の朝敵をたひらげ、勧賞《けんじやう》身にあまり、かたじけなくも㉒帝祖、太政大臣にいたり、栄花子孫に及ぶ。今生《こんじやう》の望一事ものこる処なし。ただし思ひおく事とては、伊豆国の流人、㉓前《さきの》兵衛佐頼朝が頸を見ざりつるこそやすからね。われ㉔いかにもなりなん後は、堂塔をもたて孝養《けうやう》をもすべからず。やがて打手をつかはし、頼朝が首をはねて、わが墓のまへにかくべし。それぞ孝養にてあらんずる」と宣ひけるこそ罪ふかけれ。

同四日、病にせめられ、せめての事に板に水を㉕沃《い》て、それにふしまろび給へ共、たすかる心地もし給はず、㉖悶絶躃地《もんぜつびやくち》して、遂に㉗あつち死ぞし給ける。馬車《むまくるま》のはせちがふ音、天もひびき大地もゆるぐ程なり。一天の君万乗《ばんじよう》の主の、いかなる御事ましますとも、是に

月二八日、五男重衡を大将軍として東大寺・興福寺を攻めさせた。平家軍が放った火により大仏は焼け、多数の焼死者が出た。

⑲八大地獄の最下位で、最も罪の重い者が落ちる無間地獄。

⑳法華経では金・銀・瑪瑙《めのう》・瑠璃・硨磲《しゃこ》・真珠・玫瑰《まいかい》が七宝。

㉑清盛の足元と枕元。

㉒安徳天皇の外祖父。

㉓源頼朝。平治の乱後伊豆に流されていたが治承四年八月に挙兵。

㉔死んだ後は。

㉕注ぎかけて。

㉖悶え苦しみ気絶し、地に倒れ伏して。

㉗跳ねまわって悶死すること。

㉘密教の特別の修法。

㉙神や仏の威光。

㉚梵天等の仏教の守護神。

㉛人間の考え。

㉜軍勢。「旅」は五百人単位の軍団。

㉝死を擬人化した表現。

㉞死出の山。冥土にある険しい

は過ぎじとぞみえし。今年は六十四にぞなり給ふ。老死といふべきにはあらねども、宿運忽ちにつき給へば、㉘大法秘法の効験もなく、㉙神明三宝の威光も消え、㉚諸天も擁護し給はず。況や凡慮㉛におひてをや。命にかかはり身にかはらんと、忠を存ぜし数万《すまん》㉜の軍旅《ぐんりよ》は、堂上堂下に次居《なみゐ》たれ共、是は目にも見えず、力にもかかはらぬ無常㉝の殺鬼《せつき》をば、暫時もたたかひかへさず。又かへりこぬ㉞四手《しで》の山、㉟三瀬川《みつせがは》、㊱黄泉中有《くわうせんちゆうう》の旅の空に、ただ一所こそおもむき給ひけめ。日ごろつくりおかれし罪業ばかりや獄卒となッてむかへに来りけん、あはれなりし事共なり。

さてもあるべきならねば、同七日、㊲愛宕《おたぎ》にて煙になし奉り、骨《こつ》をば円実法眼㊳頸にかけ、摂津国《つのくに》へくだり、経㊴の島にぞおさめける。さしも日本一州に名をあげ、威をふるッし人なれ共、身はひとときの煙となッて、都の空に立ちのぼり、かばねはしばしやすらひて、浜の砂《まさご》にたはぶれつつ、むなしき土とぞなり給ふ。

新①中納言知盛《とももりの》卿は、②生田森《いくたのもり》の大将軍にておはしけるが、其勢《そのせい》みな落ちうせて、今は③御《おん》子《こ》武蔵守知章《ともあきら》、侍に④監物太郎頼方《けんもつたらうよりかた》、ただ主従三騎になッて、たすけ舟に乗らんと汀のかたへ落ち給ふ。ここに⑤児玉党《こだまたう》とおぼしくて、⑥うちはの旗さいたる者ども十騎計《ばかり》をめいておッかけ奉る。監物太郎は究竟《くつきやう》の弓の上手ではあり、まッさきにすすんだる旗さしがし⑦

山。
㉟冥土にある、死者が必ず渡る三つの瀬のある三途の川。
㊱冥土。「中有」は中陰。人の死後、生前の罪業によって次の生処が決定するまでの四九日間。

㊲愛宕念仏寺（現京都市東山区松原通）の辺り。鳥辺野の火葬場だった。

㊳徳大寺実能の子。清盛側近の僧。

㊴清盛が日宋貿易の重要泊地として大輪田泊（現神戸市兵庫区）を重視し、防波堤として築いた島。巻六「築島」に、人柱を立てず一切経書写の石で島を築成した話を載せる。

◆巻九・知章最期
①清盛の四男。母は時子。
②現神戸市生田神社背後の森。摂津国の歌枕としても著名。
③知盛の嫡男。
④武藤景頼の男。藤原秀郷の子

や頸《くび》の骨をひやうふつと射て、馬よりさかさまに射おとす。そのなかの大将とおぼしき者、新中納言にくみ奉らんと馳せならべけるを、御子武蔵守知章なかにへだたり、おしならべてむずとくんでどうどおち、とッておさへて頸をかき、たちあがらんとし給ふところに、敵が童《わらは》おちあうて、武蔵守の頸をうつ。監物太郎おちかさなッて、武蔵守うち奉ッたる敵が童をもうッてンげり。其後《のち》矢だねのある程射つくして、⑧打物《うちもの》ぬいてたたかひけるが、敵あまたうちとり、弓手《ゆんで》の膝口《ひざぐち》を射させて、たちもあがらず、⑨ゐながら討死《うちじに》してンげり。

此《この》まぎれに新中納言は、究竟の名馬には乗り給へり、海のおもて⑩廿余町およがせて、⑪大《おほ》臣殿《いとの》の御舟《おんふね》につき給ひぬ。御舟には人おほくこみ乗ッて、馬たつべきやうもなかりければ、汀へおッかへす。⑫阿波民部重能《あはのみんぶしげよし》、「御馬かたきのものになり候《さうら》ひなんず。射ころし候はん」とて、⑬片手矢はげて出でけるを、新中納言、「何《なに》の物にもならばなれ。我命をたすけたらんものを。⑭あるべうもなし」と宣へば、力及ばで射ざりけり。此《この》馬主《ぬし》のわかれをしたひつつ、しばしは舟をもはなれやらず、沖の方へおよぎけるが、次第にとほくなりければ、⑮むなしき汀におよぎかへる。足たつほどにもなりしかば、猶舟の方をかへりみて、二三度までこそいなゝきけれ。

（中略）

孫。堅物は中務省に属し、出納を監査する役。

⑤武蔵国の武士団。武蔵七党の一つ。児玉庄（現埼玉県本庄市児玉町を中心とする地域）から起こった。

⑥軍配団扇。武将が戦陣で采配のために用いたもので、これを図案にした紋所が児玉党の紋章。

⑦そいつの首。「しや」はののしる気持ちを表す接頭語。

⑧太刀・長刀の類。

⑨座り込んだまま。

⑩約二km強。一町は約一〇九m。

⑪宗盛。知盛の同母兄。

⑫田口重能。阿波国の豪族で、平家の重臣。

⑬諸矢《もろや》の対。矢は二本で一手だが、その中の一本の矢だけをつがえた弓を持って、すぐに射られるようにするさま。

⑭「あるべくもなし」の音便形。射てはならない。

⑮主人のいない海岸。

新中納言、大臣殿の御まへに参ッて申されけるは、「武蔵守におくれ候ひぬ。監物太郎うたせ候ひぬ。今は心ぼそうこそまかりなッて候へ。いかなれば子はあッて、親をたすけんと敵にくむを見ながら、いかなる親なれば、子のうたるるをたすけずして、かやうにのがれ参ッて候らんと、⑯人のうへで候はばいかばかりもどかしう存じ候べきに、我身の上になりぬれば、よう命は惜しい物で候ひけりと、今こそ思ひ知られて候へ。人々の思はれん心のうちどもこそ恥づかしう候へ」とて、袖をかほにおしあてて、さめざめと泣き給へば、大臣殿これを聞き給ひて、「武蔵守の父の命にかはられけるこそありがたけれ。手もきき心も剛《かう》に、よき大将軍にておはしつる人を。⑰清宗《きよむね》と同年《どうねん》にて、今年は十六な」とて、御子衛門督《ゑもんのかみ》のおはしけるかたを御覧じて涙ぐみ給へば、いくらもなみゐたりける平家の侍ども、心あるも心なきも、皆鎧の袖をぞぬらしける。

源氏の兵者共《つはものども》、すでに平家の舟に乗りうつりければ、①水手梶取《すいしゆかんどり》ども、射ころされ、きりころされて、②舟をなほすに及ばず、舟《ふな》そこにたはれふしにけり。新中納言知盛卿、小舟に乗ッて御所の御舟《おんふね》に参り、「世のなかは今はかうと見えて候。見苦しからん物共、みな海へいれさせ給へ」とて、艫舳《ともへ》にはしりまはり、掃いたりのごうたり、塵拾《ちりひろ》ひ、手づから掃除せられけり。女房達、「中納言殿、いくさはいかにやいかに」と口々に問ひ給へば、「③め

⑯もしこれが他人の話であれば、どれほどはがゆく思ったでしょうに。
⑰宗盛の嫡男。『公卿補任』に拠ればこの年一四歳。

◆巻一一・先帝身投
①舟を漕ぐ水夫と舵を操る舵手。非戦闘員。
②舟の進路を立て直すこともできず。
③見慣れない東国の男（源氏の武士）と契りを結ぶことになるでしょう。「御覧ず」は結婚・情交を意味する「見る」の敬語。敗戦後に女房達が戦利品扱いされることの曲折表現。屋代本等には「今日ヨリ後ハ」とあり、その意がより明白。
④濃い灰色の二枚重ねの衣。
⑤柔らかい練絹の長袴の裾を高くたくし上げて結び紐に挟み、動きやすくした。
⑥三種の神器の一。八坂瓊曲

づらしきあづま男をこそ御覧ぜられ候はんずらめ」とて、からからとわらひ給へば、「なんでうのただいまのたはぶれぞや」とて、声々にをめきさけび給ひけり。

二位殿はこの有様を御覧じて、日ごろおぼしめしまうけたる事なれば、④にぶ色の二衣《ふたつぎぬ》うちかづき、⑤練袴《ねりばかま》のそばたかくはさみ、⑥神璽《しんし》をわきにはさみ、⑦宝剣を腰にさし、⑧主上をいだき奉ッて、「わが身は女なりとも、かたきの手にはかかるまじ。君の御供《おんとも》に参るなり。御心《おんこころ》ざし思ひ参らせ給はん人々は、いそぎつづき給へ」とて、ふなばたへあゆみ出でられけり。主上今年は八歳にならせ給へども、御《おん》としの程よりはるかにねびさせ給ひて、御かたちうつくしく、あたりもてりかかやくばかりなり。御ぐし黒うゆらゆらとして、御せなか過ぎさせ給へり。あきれたる御様《さま》にて、「⑨尼ぜ、われをばいづちへ具してゆかむとするぞ」と仰せければ、いとけなき君にむかひ奉り、涙をおさへて申されけるは、「君いまだしろしめされさぶらはずや。⑩先世《ぜんぜ》の十善戒行《じふぜんかいぎやう》の御力によッて、いま万乗の主と生れさせ給へども、⑪悪縁にひかれて、御運すでにつきさせ給ひぬ。まづ東《ひんがし》にむかはせ給ひて、⑫伊勢大神宮に御暇《いとま》申させ給ひ、其後《のち》⑬西方浄土《さいはうじやうど》の来迎《らいかう》にあづからむとおぼしめし、西にむかはせ給ひて御念仏さぶらふべし。この国は⑭粟散辺地《ぞくさんへんぢ》とて心憂きさかひにてさぶらへば、極楽浄土とてめでたき処《ところ》へ具し参らせさぶらふぞ」と泣く泣く申させ給ひければ、⑮山鳩色の御衣《ぎよい》に⑯びんづら結はせ給ひて、御涙におぼれ、ちいさくうつくしき御手をあはせ、まづ

玉。
⑦三種の神器の一。草薙剣。
⑧安徳天皇を抱いて入水したのは、『吾妻鏡』では按察局。
⑨「尼御前」の略。
⑩前世で十戒（殺生・偸盗・邪淫・妄語・両舌・悪口・綺語・貪欲・瞋恚・邪見の十悪をしないこと）を守ったため、現世で天皇としてお生まれになりましたが。
⑪悪い因縁。延慶本では平家一門の悪行ゆえとする。
⑫（現世を去るにあたり）皇室の祖先神天照大神を祀る伊勢神宮にお別れを申し上げなさり。
⑬（往生して来世へ赴くにあたり）西方にある極楽浄土からの阿弥陀如来のお迎えに預かろうとお思いになり。
⑭粟粒を散らしたような小国。日本をいう。
⑮黄みがかった萌葱色。天子の日常装束。
⑯角髪《みづら》。髪を左右に分け、耳の辺りで結ぶ童子の髪型。「御せ

東をふしをがみ、伊勢大神宮に御暇申させ給ひ、其後西にむかはせ給ひて、御念仏ありしかば、二位殿やがていだき奉り、「⑰浪の下にも都のさぶらふぞ」となぐさめ奉ッて、⑱千尋《ちいろ》の底へぞ入り給ふ。

悲しき哉《かな》、無常の春の風、忽ちに花の御すがたをちらし、なさけなきかな、⑲分段《ぶんだん》のあらき浪、玉体を沈め奉る。⑳殿《てん》をば長生《ちやうせい》と名づけてながきすみかとさだめ、門をば不老と号して老《おい》せぬとざしとかきたれども、いまだ十歳のうちにして、底の水屑《みくづ》とならせ給ふ。十善帝位の御果報申すもなかなかおろかなり。㉑雲上《うんしやう》の龍《りよう》くだッて海底の魚《うを》となり給ふ。㉒大《だい》梵高台《ぼんかうだい》の閣《かく》の上、㉓釈提喜見《しやくだいきけん》の宮の内、いにしへは㉔槐門棘路《くわいもんきよくろ》の間に㉕九族《きうぞく》をなびかし、今は舟のうち浪の下に、御命を一時《いつし》にほろぼし給ふこそ悲しけれ。

なか過ぎさせ給へり」と矛盾。
⑰延慶本等では、時子が「今ぞ知る御裳濯川《みもすそがは》の流れには浪の下にも都ありとは」の歌を詠む。
⑱「尋」は両手を広げた長さで極めて深い海底の形容。
⑲分段生死の略。六道に輪廻する凡夫の生死をいう。人間の死を荒波にたとえ、壇浦の荒波をこれに見立てた。
⑳「長生殿の裏《うち》には春秋富めり、不老門の前には日月遅し」（和漢朗詠集・祝・慶滋保胤）による。長生殿は唐の皇帝の宮殿。不老門は漢の洛陽の城門。
㉑宮中を雲の上、天皇を龍にたとえた。「君臣を失へば龍も魚たり」（李太白集）。
㉒大梵天王の住む天上の宮殿。
㉓帝釈天の住む須弥山頂の喜見城。
㉔槐門は大臣、棘路は公卿。
㉕父の一族四人、母の一族三人、妻の一族二人。ここは、広く一門のことをいう。

桓武平氏系図

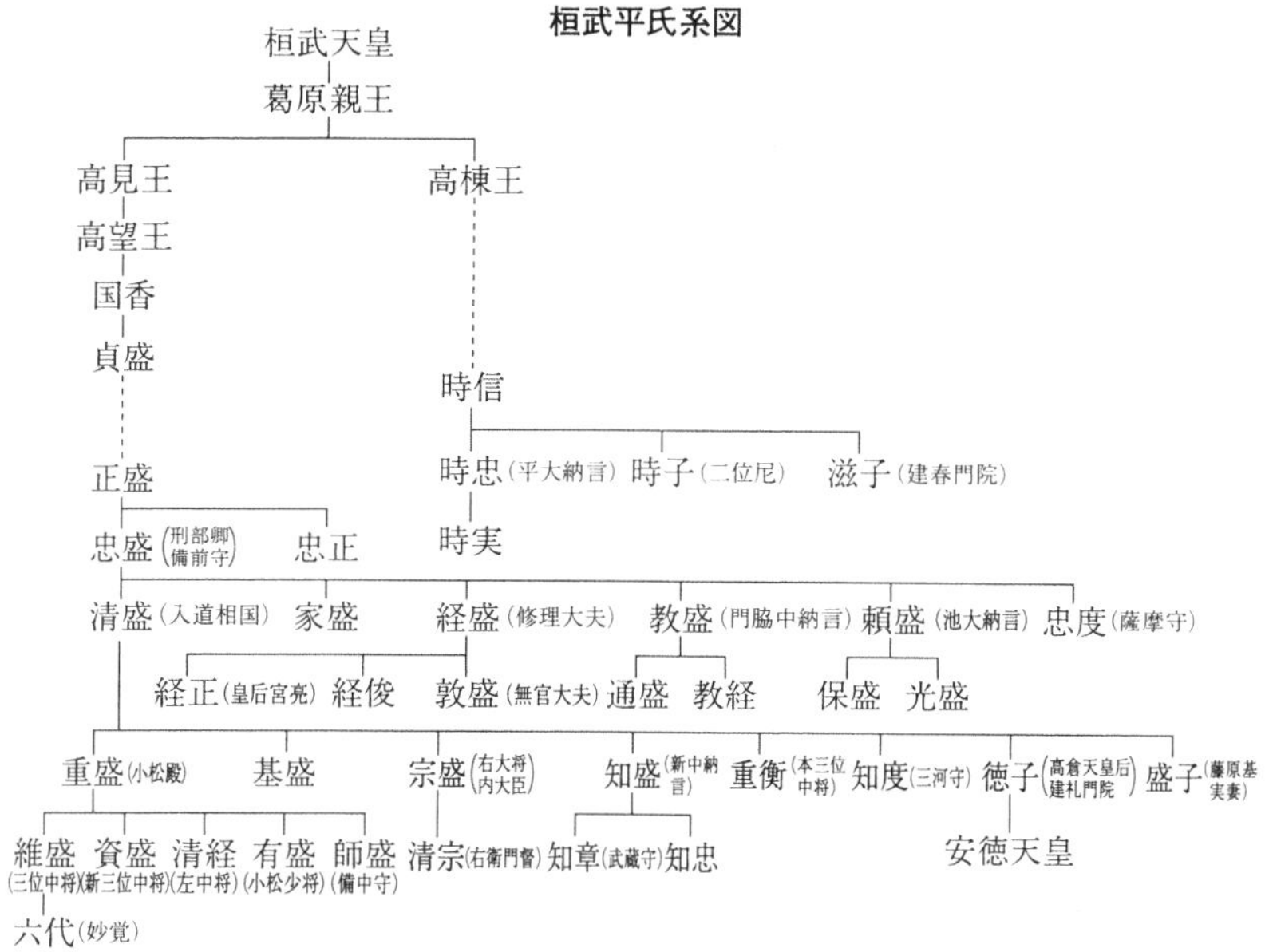

清和源氏系図

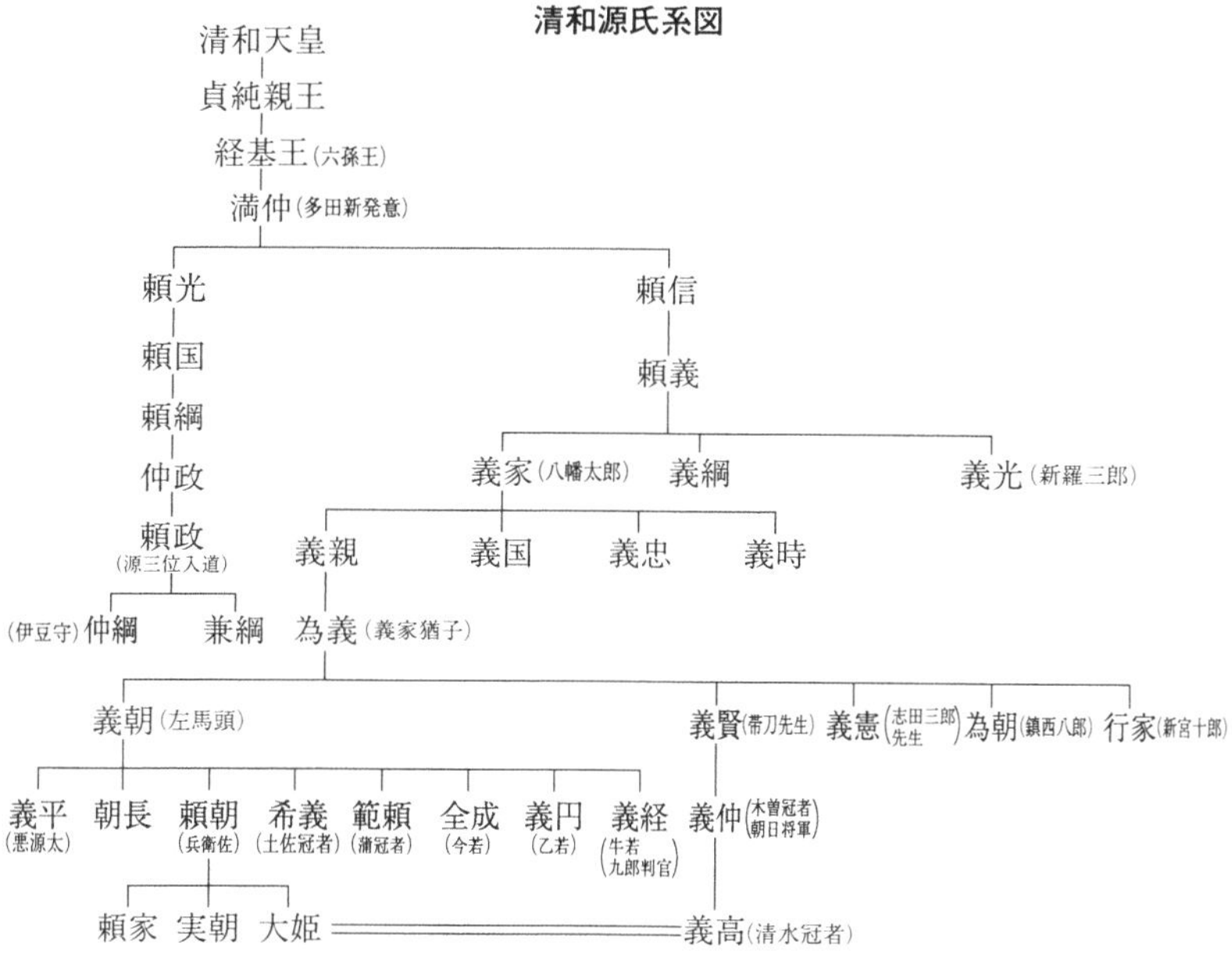

第十一講

日本人の精神風土

太平記《たいへいき》◆

軍記物語。四〇巻。一三七〇年代頃までには成立。玄恵や小島法師らが編纂として伝わる。南北朝の内乱を冷徹な視線で見つめ、貴族社会の没落と武士階級の内部矛盾を鋭く、かつ執拗に描く。内容は、鎌倉幕府滅亡から建武の中興、新田義貞と足利尊氏との抗争、南朝の衰退と足利幕府内の権力争いの三部構成。本文は新編日本古典文学全集（小学館）による。

かかりしかば、将軍①・左兵衛督《さひやうゑのかみ》、大勢《たいせい》にて上洛の間、要害の地において防ぎ戦はんために兵庫へ引き退くの由、②義貞《よしさだ》早馬を進《まゐ》らせて奏聞《そうもん》せられければ、③主上《しゆしやう》大いに御騒ぎあつて、④楠正成《くすのきまさしげ》を召され、「急ぎ兵庫へ馳《は》せ下《くだ》り、義貞に力を合はすべし」とぞ仰《おほ》せ下《くだ》されける。正成畏《かしこ》まつて奏《そう》しけるは、「尊氏《たかうじ》卿九州の勢を卒《そつ》して上洛候ふなれば、定めて雲霞《うんか》の如《ごと》くにぞ候ふらん。御方《みかた》の疲れたる小勢を以て大敵にかけ合はせ、尋常《よのつね》の如くに合戦を致し候はば、御方決定《けつぢやう》打ち負けぬと覚え候ふ。哀れ、義貞をも京都へ召され候ひて、前⑤の如く山門へ臨幸《りんかう》なし候へかし。正成も河内《かはち》へ罷《まか》り下《くだ》つて、畿内《きない》の兵を以て道々を指《さ》し塞《ふせ》

◆巻一六・楠木正成兄弟兵庫下向の事

①足利尊氏と直義兄弟。建武の新政が失速する中、後醍醐天皇から離反し、独自の政権を樹立しようとする。

②新田義貞。後醍醐天皇のもと、鎌倉幕府を滅ぼした立役者。

③第九六代、後醍醐天皇。

ぎ、両方より京都を責《せ》め却《しりぞ》くる程ならば、敵は次第に疲れて落ち、御方は日に随《したが》つて馳せ集まり候ふべし。その時義貞は大手《おほて》にて山門より寄せられ、正成は搦手《からめて》にて河内より責め上り候はば、朝敵《てうてき》を一戦に亡ぼさん事、案の内に候ふ物を。義貞も定めてこの了簡《れうけん》をぞ廻《めぐ》らされ候ふらめども、路次《ろし》にて一軍《ひといくさ》もせざらんは無下《むげ》に謂《い》ふ甲斐《かひ》なく人の思はんずるところを恥ぢて、兵庫には支へられたりと覚え候ふ。合戦は始終《しじゆう》の勝《かち》こそ肝要にて候へ。よくよく叡慮《えいりよ》を廻らされ、公義を定めらるべく候ふらん」と申しければ、「誠《げ》にも軍旅《ぐんりよ》の事は兵に譲る」とて、重ねて諸卿僉議《しよきやうせんぎ》ありけるに、⑥坊門宰相清忠《ばうもんのさいしやうきよただ》進んで申されけるは、「正成申すところもその謂《いは》れありといへども、征伐《せいばつ》のために指《さ》し下《くだ》されたる節刀使《せつとし》、いまだ戦はざる前《さき》に帝都を棄《す》てて、一年の中《うち》に両度まで山門へ臨幸ならん事、且《かつ》は帝位軽きに似たり。また官軍も道を失ふところなり。たとひ尊氏九州勢を卒して上洛すとも、去春《きよしゆん》東八箇国を随へて上《のぼ》る時の勢にはよも過ぎじ。戦ひの始めより敵軍敗北の時に至るまで、御方小勢なりといへども毎度大敵を責《せ》め靡《なび》くる事、これ全《まつた》く武略の勝《すぐ》れたるに非《あら》ず。ただ聖運の天に合《かな》へるところなれば、今度もまた何の子細かあるべき。時を替へず、楠《くすのき》を下さるべきかとこそ存じ候へ」と申されければ、主上誠《げ》にもと思《おぼ》し食《め》し、重ねて正成罷《まか》り下るべき由を仰《おほ》せ出《い》だされければ、正成《まさしげ》、「この上はさのみ異議を申すに及ばず、さては討死《うちじに》仕《つかまつ》れとの勅定《ちよくぢやう》なれ」とて、その日やがて正成は五百余騎にて都を立つて、兵庫《ひやうご》へぞ下りける。

④河内国の出身とされる。後醍醐天皇に忠誠を尽くした。

⑤比叡山延暦寺。後醍醐天皇は、かつて倒幕計画が露見した時にも比叡山へ逃れようとした。

⑥後醍醐天皇の側近として活躍した公卿。

楠正成、これを最後と思ひ定めたりければ、嫡子《ちやくし》正行《まさつら》が十一歳にて父が供したりけるを、⑦桜井《さくらゐ》の宿《しゆく》より河内《かはち》へ帰し遣《つか》はすとて、泣く泣く庭訓《ていきん》を遺《のこ》しけるは、「獅子《しし》は子を産《う》んで三日を経《ふ》る時、万仞《ばんじん》の石壁《せきへき》より母これを投ぐるに、その獅子の機分《きぶん》あれば、教へざるに中《ちゆう》より身を翻《ひるがへ》して、死する事を得ずといへり。況《いは》んや汝《なんぢ》はすでに十歳に余れり。一言《いちごん》耳に留《とど》まらば、吾《わ》が戒《かい》に違《たが》ふ事なかれ。今度の合戦天下の安否《あんぷ》と思ふ間、今生《こんじやう》にて汝が顔を見ん事、これを限りと思ふなり。正成討死すと聞かば、天下は必ず将軍の代となるべしと心得べし。しかりといへども、一旦《いつたん》の身命《しんめい》を資《たす》けんがために、多年の忠烈《ちゆうれつ》を失ひて、降《かう》参《さん》不義の行迹《ふるまひ》を致す事あるべからず。一族若党の一人も死に残つてあらん程は、⑧金剛山《こんがうせん》に引《ひ》き籠《こも》り、敵寄せ来たらば、命を兵刃《へいじん》に墜《おと》し、名を後代に遺すべし。これをぞ汝が孝行と思ふべし」と、涙を拭《のご》つて申し含め、主上《しゆしやう》より給はりたる菊作りの刀を記念《かたみ》に見よとて取らせつつ、各《おのおの》東西に別れにけり。その消息《ありさま》を見ける武士ども皆感涙をぞ流しける。昔の⑨百里奚《はくりけい》は、⑩穆公《ぼくこう》⑪晋《しん》の国を伐《う》たんとせし時、軍《いくさ》の利なき事を鑒《かんが》みて、その将⑫孟明視《まうめいし》に向つて、今を限りの別れを悲しむ。今の楠正成は、大敵⑬関西《くわんさい》に責め近づくと聞きて、国の必ず亡《ほろ》びん事を愁《うれ》へて、その子幼き正行を留《とど》め置《お》き、なき跡までの義を勧《すす》む。彼は晋代《しんだい》の⑭良弼《りやうひつ》、是《これ》は吾《わ》が朝《てう》の忠臣、時千載《せんざい》を隔つといへども、⑮前聖《ぜんせい》・後聖《こうせい》一揆《いつき》にして、ありがたかりし忠臣かなと、感ぜぬ者もなかりけり。

⑦現大阪府三島郡島本町桜井の地。西国街道の宿駅。
⑧大阪府と奈良県の境を南北に延びる金剛山地の主峰。古くは葛城山と呼ばれ、河内側山麓は楠木氏の本拠地。
⑨中国、春秋時代の秦の宰相。
⑩秦の王。
⑪春秋時代の国名。
⑫百里奚の子。穆公の命で晋を攻めるために出陣した。
⑬越前国の愛発《あらち》関・美濃国の不《ふ》破《わ》関・伊勢国の鈴鹿関を三関といい、これより西を漠然とさして関西といった。
⑭助けとなる立派な補佐の臣。
⑮「先聖後聖其揆一也」（孟子・八）

曾我物語《そがものがたり》◆

軍記物語。作者未詳。一〇巻ないし一二巻。南北朝期の成立か。建久四年（一一九三）五月二八日、曾我祐成・時致兄弟が富士野の狩場で父の仇工藤祐経を討った史実を物語化したもの。戦乱というよりは私闘を作品化している点で、『義経記』とともに準軍記とされる。謡曲・浄瑠璃等、後代文学への影響は大きい。本文は日本古典文学大系（岩波書店）による。

◆巻三・九月名月にいでて一万・箱王、父の事嘆く事

①河津祐通の遺児。後の十郎祐成。

②河津祐通の遺児。後の五郎時宗。

③曾我祐信。相模国曾我荘の武将。兄弟の母の再嫁先であり兄弟の養父。

④兄弟の亡父、河津三郎祐通。

⑤工藤左衛門尉祐経。

折節《おりふし》、九月十三夜の、まことに名ある月ながら、隈《くま》なき影《かげ》に、兄弟《きやうだい》、庭《には》にいでて遊びけるが、五つつれたる雁《かり》がねの西に飛びけるを、①一万《いちまん》が見て、「あれ御覧ぜよ、②箱王《はこわう》殿。雲《くも》ゐの雁の、いづくをさしてか飛びゆくらん。一《ひと》つらも離れぬ中のうらやましさよ」。弟《おとと》ききて、「なにかはさほどうらやむべき。我らがともなふ物どもも、遊べば共にうちつれ、帰ればつれて帰るなり」。兄ききて、「さにはあらず。いづれもおなじ鳥ならば、鴨《かも》をも鷺《さぎ》をもつれよかし。空飛べども、おのれがともばかりなる事ぞとよ。五つあるは、一つは父、一つは母、三つは子共にてぞあるらん。わ殿《との》は弟、我は兄、母はまことの母なれども、③曾我殿《そがどの》、まことの父ならで、④恋しと思ふその人の、ゆくへも⑤敵《かたき》のわざぞかし。あはれや」「親の敵とやらんが首の骨は、石よりもかたきものかや」と問へば、兄がききて、袖にて弟が口をおさへ、「かしかまし、人や聞くらん、声高し、隠す事ぞ」といへば、箱王

ききて、「射殺すとも、首《くび》をきるとも、隠してかなふべきか」「さはなきぞとよ、それまでも忍ぶならひ、心にのみ思ひて、上は物をならへとよ。能は稽古《けいこ》によるなるぞ。我らが父は、弓の上手にて、鹿《しし》をも鳥をも射給ひけるなるぞ。あはれ、父だにましまさば、馬《むま》をも鞍《くら》をも用意《ようい》してたびなまし。さあらば、⑥を犬・⑦笠懸《かさかけ》をも射ならひなん。我らより幼き者も、世にあれば、馬にのり、もの射る、見るもうらやまし」とくどきければ、箱王ききてぞ、「父だにましまさば、身づからが弓の弦《つる》くひきりたる鼠《ねずみ》の首は、射させまゐらすべきものを、腹だちや」といへば、兄、「それよりも憎きものこそあれ」「誰《たれ》なるらん、ままが子《こ》、身づからが乗りつる竹馬《たけむま》うち候ひつる事か」「その事にてはなきぞ、父をうちけるものの憎さに、月日の遅き」といへば、「ならはずとても、弓矢とる身が、弓射ぬ事や候ふべき」。兄がききて、うち笑ひ、「わ殿、さやうにいふとも、手慣ずしては、いかが候ふべき。見よ」とて、竹の小弓に、⑧篦《の》は薄《すすき》なる笹矧《ささはぎ》の矢《や》さしつがひ、兄、障子《しやうじ》をかなたこなたに射とほし、「いつかは、我ら十五・十三になり、父の敵にゆきあひ、かやうに心のままに射通さん」。箱王ききて、「さることにては候へども、大事の敵、弓にては、遠くおぼえたるに、かやうに首をきらん」とて、障子の紙をひききり、高々とさしあげ、側《そば》なる木太《きだ》刀《ち》をとりなほし、二つ三つにうちきりて、すてて立ちたる眼《まなこ》ざし、人にかはりてぞ見えたりける。

⑥犬追物。騎射の一つ。竹垣に囲まれた馬場で、武士が犬を追いかけて、蟇目《ひきめ》の矢で射る競技。流鏑馬、笠懸とともに、騎射三物の一つに数えられる。

⑦騎射の一つ。疾走する馬上から鏑矢《かぶらや》を放ち綾藺笠《あやいがさ》の的を射る競技。

⑧矢柄の部分。「竹の小弓」「笹矧ぎの矢」はともに子どもの玩具。

義経記《ぎけいき》

軍記物語。作者未詳。八巻。室町初期から中期頃の成立。源平合戦に活躍した源義経の一代記であるため、『曽我物語』とともに準軍記とされる。内容は、前段の鞍馬や奥州での不遇な生い立ちと、後段の悲劇的な末路という二段に分けられる。いわゆる「判官贔屓」の気運を呼び、後代文学への影響は大きい。
本文は新編日本古典文学全集（小学館）による。

◆巻七・如意の渡にて義経を弁慶打ち奉る事

①富山・石川両県境にある峠。木曾義仲が平家の大軍を撃ち破った古戦場として名高い。
②「如意の渡り」か。越中国の小矢部川を渡るための渡しのこととされる。
③武蔵坊弁慶。義経の腹心の家来。
④現山形県鶴岡市東方の羽黒山。中世において羽黒派山伏の根拠地として知られる。
⑤法華三部経十巻を一日に三度ずつ十日間の講義をする法会。

それより①倶利伽羅《くりから》を越え、平家亡《ほろ》びし所にて、弔《とぶら》ひの経を読み、②二位の渡りの舟に乗らんとし給ふ所に、渡し守の権頭《ごんのかみ》申しけるは、「暫《しばら》く客僧御待ち候へ。山伏の五人三人なりとも、役所へ伺ひ申さで通すべからずとの御法にて候ふぞ。殊に十六人まで御入り候へば、尋ね申さでは渡し申すまじく候」由《よし》荒らかに申しければ、③武蔵坊《むさしばう》渡し守を睨《にら》みつつ、「さりとも、この北陸道《ほくろくだう》にて、④羽黒《はぐろ》の讃岐阿闍梨《さぬきのあじゃり》見知らぬ者やあるべき」と言ひければ、中乗りしたる男、弁慶《べんけい》をつくづくとまぼり、「実《げ》に実に見参らせたる様《やう》に候。一昨年《をととし》も⑤三十講《かう》の御幣《ごへい》とて、申し下《くだ》し給ひし御坊にてましますや」と申しければ、弁慶力を得て、「さてもかしこく見覚えられたり。あら恐ろしの人や」と褒めける。

渡し守の権頭、「小賢《こざか》しき事申すかな。さ様《やう》に見知りたらば、御辺《ごへん》渡し候へ」と申せば、弁慶、「そもそも⑥判官《はうぐわん》殿と知りたらば、確かに指《さ》して宣《のたま》へ」と言ひければ、「正《まさ》しくあの客僧《きやくそう》こそ判官殿にておはしけれ」と指してぞ申しける。その時弁慶、「あれは⑦白山《はくさん》より連れたる御坊なり。年《とし》若きにより人怪しめ申す無念さよ。これより白山へ戻り候へ」とて、船より引き下ろし、扇にて散々に⑧こき伏せたり。その時渡し守、「羽黒山伏ほど情けなき者はなし。判官殿にてましまさずは、さにてこそあるべきよ。か程いたはしげもなく、散々に当たり申されし事、併《しかしなが》ら私が打ち申したるなり。御いたはしくこそ候へ」とて、舟を寄せ「ここへ召し候へ」とて、⑨梶取《かんどり》の傍《そば》に乗せ奉る。

「さらば船賃《せんちん》出だして渡り候へ」と申しければ、弁慶、「何時《いつ》の習ひに山伏の⑩関船賃《せきふなちん》なす事やある」と言ひければ、「日頃《ひごろ》取りたることなけれども、余りに御坊の腹悪しく渡り候へば」と申す。弁慶、「か様《やう》に我らに当たらば、出羽《では》の国へ今年《ことし》明年にこの国の者越えぬ事はよもあらじ。⑪坂田《さかた》の渡りは、この幼き人の父、坂田次郎《さかたのじらう》殿の知行なり。只今《ただいま》この返礼すべきものを」とぞ脅しける。余りに言ひ立てられて渡しけり。

かくて⑫六道寺《ろくだうじ》の渡りをして、弁慶判官殿の御袖《そで》を控へ、「何時《いつ》まで君を庇《かば》ひ申さんとて、現在の御主を打ち奉りつるぞ。天の恐れも恐ろしや。八幡大菩薩《はちまんだいぼさつ》も許し御納受し給へ」とて、さしも猛《たけ》き弁慶、さめざめと泣きけり。余《よ》の人々も涙を流しけり。

⑥源義経。
⑦石川・岐阜両県境にある山。白山神社があり古くから信仰の山として知られる。
⑧打ちのめした。
⑨船の舵を操る舵手。
⑩関賃や乗船代。
⑪現山形県酒田市にあった渡船場。
⑫現富山県高岡市伏木古府の地。庄川を隔てて現射水市に渡る渡し場があった。

第十二講

御伽草子の世界

酒呑童子絵《しゅてんどうじえ》◆

室町時代物語・御伽草子。南北朝末から室町時代に成立。大江山（または伊吹山）を拠点として京都で悪行を働いていた鬼の頭領、酒呑童子を、帝の命により摂津源氏の源頼光を筆頭に、渡辺綱・坂田金時らが退治する物語。鬼退治ものの典型的な作品である。他の御伽草子同様、挿絵とともに享受された。本文は新編日本古典文学全集（小学館）による。

用心固くしつる眷属《けんぞく》どもも、毒酒に酔ひて、起き上るべきやうはなし。されば、「誰《たれ》ぞ」と咎《とが》むる者もなければ、所々の木戸をも通り、石橋の上に上りて見るに、鉄の塀の門はあれども、戸もささず、さし入りて見るに、おびたたしき鉄の籠《ろう》あり、門戸の内に、貫木《くわんぬき》、枢木《くるるき》をさし固めけり。いかなる鬼神なりとも、破りて入るべきやうなし。籠を見るに、四方に灯火《ともしび》を高く掲げたり。用心のためと覚えて、枕《まくら》に①大鉞《おほまさかり》、跡には②鉄撮棒《かなさいぼう》、そのほか、大きなる③鉾《ほこ》ども立て並べたり。④童子が臥したる姿を見るに、昨日にはことのほか変り、ひたすら鬼の姿なり。髪は⑤てんはいさうのごとく、睫《まつげ》は針を並べ立てたるごとく、手足にも

①「鉞」は、大型の斧に似たもので、伐木用の道具であるが、武器や刑具としても用いられた。
②太い鉄の棒の周囲に多くの鉄のいぼをつけたもの。
③両刃の剣に長い柄をつけた、槍のような形の武器。
④酒呑童子。これ以前では端整な童子であったが、酒に酔って正体を現してしまう。

毛生ひて、熊《くま》のごとし。長《たけ》⑥一丈ばかりに見えしが、今は二丈余はあるらんと覚えたり。あふのきさまに、足手を四方へ踏みひろげ、⑦十余人の女房《にようぼう》どもに撫《な》でさすられて、高枕《たかまくら》、鼾《いびき》をかきて、前後も知らず見えたり。内には、十余人の女房たち、⑧この人々を見つけ、嬉《うれ》しさ限りなし。早く戸を開けんと思ひけれども、百人が力にてもかなふまじき鉄の門なり。女のはからひかなふべきやうなし。ただ内に立ち騒ぎ、心を消すばかりなり。

六人の人々は、門は強くさしたり、入るべきやうなくして、いかがせんと思ひわづらふところに、⑨先の翁と山伏《やまぶし》三人出《い》で来て、鉄の縄を四筋、この人々に与へたり。「童子が手足に強くからみ付け、四方の柱につなぎ付くべし。五人の人々は、左右に寄り身にかからば、⑩頼光《らいくわう》は、頸《くび》を討《う》つべし」とて、三人の人寄りて、鉄の門を開きたれば、余りに強く開かれて、貫木《くわんぬき》折れ、枢木《くるるき》砕けてこそ開《あ》きにけれ。「さて、人々、入り給ふべし。心をのべ、力を出さざらん人は、悪《あ》しかりなん」とて、また、三人の人々は、⑪かき消すやうに失《う》せ給ふ。

この人々欽《よろこ》びて、われもわれもと乱れ入り、足手に鎖をからみけれども、ただ死人のごとくにしておどろかず。⑫綱《つな》、⑬公時《きんとき》、勢をなしおどりかかり、頼光は、枕《まくら》より立ち寄り、くだんの太刀にて頸を打つ。一打ちにておどろかず、二打ちにも怖《お》ぢず。童子《どうじ》、すは思ひつるものをと、かつぱと起き上るところを、隙間《すきま》もなく斬《き》り給ふ。三刀に頸は打ち落《おと》す。骸《むくろ》

⑤未詳。「かしらはそらにあかり」とする異本あり。
⑥約三m。
⑦都でさらわれて酒呑童子に召し使われていた女房たち。
⑧頼光らの討伐軍。
⑨八幡・住吉・熊野の神々が化現した姿。
⑩源頼光。満仲の子で清和源氏の三代目にして摂津源氏の祖。
⑪神仏などの消え失せるさまをあらわす常套句。
⑫渡辺綱。嵯峨源氏。頼光四天王の筆頭。
⑬坂田公時（金時）。頼光四天王の一人。幼名金太郎。

起き上らむとする程《ほど》に、鉄の縄二筋切りて、固めたる城なれども、ゆるぎわたりて、崩るかと覚えたる。神力にて与へ給ひける縄なれども、やすやすと引き切りたり。いかばかりの力なるらむと恐《おそろ》しく、五人の者ども、起き上る骸を寸々《づたづた》に切る。足手もあまたになりにけり。頸は空に上《のぼ》りて、毒気を吐きかけたり。⑭黄水《わうすい》をつきて、力尽きぬとぞ覚えける。しばらくありて、頼光の甲《かぶと》の上に落ちかかりて、したたかに食ひ付きたり。⑮帽子甲《ぼうしかぶと》なかりせば、命危《あやふ》くぞ覚えける。⑯獅子王《ししわう》は食ひ通し、帽子甲に歯形《はがた》付く程こそ食ひ付きたりけれ。「帽子甲を着給はずは、命あるまじ」とのたまひしこと、今さら思ひ知られたり。まことに尊《たつと》かりしことどもなり。

頸をば取り、眷属の奴《やつ》ばらを討たむとて、童子が用心に置きたりし鉞《まさかり》取りて、綱は出《い》でにけり。大庭辺にありつる者ども、撮棒《さいぼう》、打刀《うちがたな》をうち振りて、をめき叫んで攻め上る。頼光、⑰保昌《ほうしやう》は、高き所にゐて、四天王《してんわう》の者どもにぞ闘はせける。綱も⑱しさらず、石橋の元に立ちて闘ひけり。綱は、三十人が力を持ちたり。火を散らしてこそ打ち合ひける。⑲御《ご》号《がう》は、足早、手ききの大力《だいぢから》、舞ひ上りをどりのき闘ひければ、頓《とみ》に勝負ぞなかりける。さる程に、綱は見すまして、むずと組む。上になり下になり組み合ひけり。いかがしたりけん、綱下となりて、すでに討たるべかりしを、⑳貞光《さだみつ》つと寄りて、御号が頸を討つ。また、㉑末武《すゑたけ》は、棒を持ちて、電光を出《いだ》し打ち合ひけり。㉒桐王《きりわう》、大力の手ききにてありけれど

⑭胃から吐きもどす液。

⑮毒酒とともに神より授かった兜。眉庇《まびさし》のない鉢兜。酒呑童子の神通力を封じるという。

⑯頼光の兜。この下に神より授かった帽子兜をかぶっていたのである。

⑰藤原（平井）保昌。武芸に優れ、頼光とともに鬼退治の勅命をうけた。

⑱引きさがらず。

⑲酒呑童子の四天王の一人。

⑳碓井貞光。平氏とも橘氏とも。頼光四天王の一人。足柄山で金太郎を見出したとされる。

㉑卜部末武（季武）。平氏。頼光四天王の一人。

㉒酒呑童子の四天王の一人。

㉓拝むように真上から刀を打ちおろして切ること。

も、末武、息をもさせず、拝㉓み打ちに打つ程《ほど》に、いかがしたりけむ、逆さまに打ち落されけるを、落しもつけず、押へて頸《くび》を取りける。今二人の者ども、思ひ切りて働き、ややもすれば、頼光《らいくわう》、保昌《ほうしやう》を目にかけつつ、走りかかりかかりければ、六人の人々、手に余りてぞ見えける。かくてあるべきにあらねば、真中《まんなか》に取り籠《こ》めて、足も踏み定めさせず攻められて、つひに討たれけり。頼光のたまひけるは、「この奴《やつ》ばらは、思ひのほかに手強《てごは》き者かな。かくしては、四天王《してんわう》の者ども、討《う》たれなむ」とぞのたまひける。大庭に走り出《い》でて見れば、夜べ、さしも鬼と見えし面魂《つらだましひ》の者どもなりしが、みなみな酔《ゑ》ひ臥《ふ》してゐたりければ、思ふさまに刺し殺し斬《き》り殺しけれども、起きも上らず、みなみな討たれけり。

「御伽草子」の名称

「御伽草子」の名称は、江戸時代（享保年間）に大坂の渋川清右衛門が『御伽文庫』または『御伽草子』として、

「文正草子」「鉢かづき」「小町草子」「御曹司島わたり」
「唐糸草子」「木幡狐」「七草草子」「猿源氏草子」
「物ぐさ太郎」「さざれ石」「蛤の草子」「小敦盛」
「二十四孝」「梵天国」「のせ猿草子」「猫の草子」
「浜出草子」「和泉式部」「一寸法師」「さいき」
「浦島太郎」「酒呑童子」「横笛草子」

の二十三編を刊行したことによる。

御伽草子の分類

御伽草子はその内容から、一般的に以下のように分類される。

公家物…「小落窪」「伏屋の物語」等
本地物…「梵天国」「愛宕地蔵物語」等
僧侶物…「三人法師」「おようの尼」等
武家物…「酒呑童子」「弁慶物語」等
庶民物…「一寸法師」「物ぐさ太郎」等
外国物…「蛤草子」「二十四孝」等

第十三講

王朝への憧れ

住吉物語《すみよしものがたり》

擬古物語。二巻。作者・成立未詳。『源氏物語』『枕草子』にも名称が見られることから物語の原型自体は平安時代に成立したようであるが、現存の物語は内部徴証から一二二一年頃の改作と考えられている。『落窪物語』を模した継子《ままこ》いじめの物語に、長谷観音の利生《りしょう》説話を交える。絵巻としても享受された。本文は中世王朝物語全集（笠間書院）による。

かくしつつ、はかなくもあらたまの年も立ち返りて、正月十日あまりの頃にや、中の君宣ふやう、「今や嵯峨野①の野辺の春の景色、いかにをかしかるらむ。忍びつつ見む」などいざなひ給へば、をのをの、「まことに」など言ひて出で立ち給ふ。むつまじき人々ばかり、御供に参りける。網代車《あじろぐるま》②三両、一両には姫君、今一両には中の君・三の君、一両には衣《きぬ》③の褄《つま》清げに出だして、いみじう若き女房・端者《はしたもの》など乗りたりけり。

少将ほの聞きて、嵯峨野へさきに行きて、松原に隠れゐて見給へば、この車ども近くやり寄せて、立て並べたり。雑色《ざふしき》・牛飼などをば遠く退《の》けて、侍《さぶらひ》二三人ばかり近く寄せて、

①現京都府京都市右京区の地名。風光明媚で、平安期には天皇や大宮人たちの絶好の遊猟・行楽地だった。

②牛車のひとつ。車の屋形に竹または檜の網代を張ったもの。

③牛車の簾の下から、女房装束の袖や裾先を出すこと。出衣。

④初春、最初の子《ね》の日に小松を引き若菜を摘んで長寿を願う風習があった。
⑤襲《かさね》の色目の名。表は紅色、裏は紫または蘇芳《すおう》色。春に用いる。
⑥襲の色目の名。表は朽葉《くちば》、裏は黄色。春に用いる。
⑦「藤襲」は初夏に着用する色目。ここでは一月なのでふさわしくない。継子である姫君がそういう扱いを受けている。

女房・端者《はしたもの》など車より降《お》りて、小松④引き結びつつ、姫君たちの御車の簾《すだれ》をあげたり。たしかならねども、ほのかに見え給ふ。少将よく隠れゐて見給ふをば知らず、女房たち、「いとをかしき野辺の景色、御覧ぜよかし。さまざまの草など萌えけるもなつかしく」など聞こゆれば、中の君降り給へり。紅梅⑤の上に濃き綾《あや》の袿《うちき》、青き織物の単衣《ひとへ》に御袴踏みくくみ、さし歩《あゆ》み給へるさま、いとあてやかに見え給ひけり。御髪《みぐし》は袿のすそに等しかりけり。次に三の君降り給ふ。花山吹⑥の上に萌黄《もえぎ》の袿、朽葉《くちば》の単衣着給ひて、御髪は同じく、愛敬《あいぎやう》少しまさりてぞ見え給ふ。

姫君はとみにも降り給はぬを、面々《めんめん》、「いかに」と宣へば、侍従さし寄りて、「いかに人をば降ろし参らせて候ふべき。わたらせ給へ」と申しければ、「野辺にも人や見るらむ」とわびわびながらさすがに、「かたへの人の君たちに心置かれじ」とおぼして、時ならぬ⑦藤襲《ふじがさね》の上に紅《くれなゐ》の袿、紅の単《ひとへ》袴踏みしだきて、さしあゆみ給ふ御気色《みけしき》、こよなうらうたき御有様、言ふもおろかなり。御髪は袿のすそに豊かにあまりて、絵に画《か》くとも筆も及びがたし。まみ・口つきいとあてやかに、異人《ことひと》よりも今一しほ匂ひ加はりてぞ見え給へば、「これを人に見せばや」と驚かれ給ふ。

おのおの人ありとも知らで遊び合へるを、少将よくよくまぼり見給ひて、「世にはかかる人もおはします」と驚かれつつ心も空にあくがれて、大いなる松の下に隠れ給ふを、この姫君、折ふし見つけ給ひて、顔うち赤め扇さしかざし、急ぎ車に乗り給ふさま、心ありげなり。これを御覧じて、みなみな騒ぎて隠れ合へる景色、いづれもあらまほしげなり。

かくて少将、車の際《きは》へ立ち寄りて宣ふやう、「嵯峨野の景色ゆかしさに、遊びつるほどに、車の音のし侍りつれば、あやしや、誰にかとて立ち忍びたるほどに、⑧隠れたる信《まこと》あれば現《あら》はれたる験《しるし》とかや、参り合へるうれしさよ。かやうの御供に具せられぬこと。うち召して」など宣ひて、

　春霞立ち隔つれど野辺に出でて松の緑を今日見つるかな

とて、さすが姫君の御心ざしとは宣はず、「二所《ふたところ》の中へ」と宣へりければ、中の君は姫君に、「これを」と聞こゆれば、「そなたにこそ」と宣ふほどに、たがひに言ひかはし給ひて

中の君、

　⑨片岡の松とも知らで春の野の立ち出でつらむ事ぞくやしき

少将、いとをかしくおぼして、

　君とわれ野辺の小松をよそに見て引かでや今日を立ち帰るべき

と宣へば、「このたびは御方にこそ」と宣へば、姫君、「よしなき歩《あり》きして」とおぼして、うちそばみておはするを、「とくとく」と宣へば、姫君、

　手に触れで今日はよそにて帰りなむ⑩人見の岡の松のつらさよ

⑧「陰徳有れば必ず陽報有り、隠れたる信あれば必ず顕感有り」（世俗諺文）による。

⑨「片岡」は普通名詞で、岡のほとり。「松」に「待つ」をかけて、少将が待ち伏せていたことをいう。

⑩「枕草子」に「岡は…人見の岡」と見えるが、垣間見をする人がいた岡を、地名のように表現したもの。「松」に「待つ」をかける。

少将耐へがたくて、「よろづは姫君に」とおぼせども、返しし給はねどもまたかくなむ。

⑪年をへて思ひ初《そ》めてし片岡の松の緑は色深くとも

中の君、

⑫人もなき松の緑にいかなれば思ひ初めつつ年をへぬらむ

三の君、

⑬千代までと思ひ初めける松なれば緑の色は深きなりけり

かやうに言ひかはす折しも、鶯の鳴くを聞きて中の君、

わが宿にまだ音添へぬ鶯の声する野辺に長居しぬべし

三の君、

初声はさぞめづらしき鶯⑭の鳴く野辺なりといざ帰りなむ

姫君、

めづらしき初音をぞ聞く鶯の語らふ野辺に日を⑮や暮らさむ

少将、

初声は今日ぞ聞きつる鶯の谷立ち出でて幾夜へぬらむ

⑯と言ひ消ち給ひければ、少将いよいよ忍びがたきに車の際に立ち寄り給ひて、「あくがれさせ給ふらむかひも侍らじ」と聞こゆれば、中の君、「車よりは少将殿の一所《ひとところ》こそ降りさ

⑪少将は、姫君への積年の想いを歌にこめる。

⑫中の君は、少将の本意を理解できない。

⑬少将の現在の妻である三の君は、少将の歌の「年を経て」をこれから将来にかけてと解す。

⑭「心から花のしづくにそぼちつつうくひずとのみ鳥のなくらむ」（古今・物名・藤原敏行）。鶯の鳴き声を「憂《う》く干《ひ》ず」（羽も乾かなくてつらい）と聞きなしたもの。

⑮今日一日を過ごしましょうか、いや過ごせません。

⑯打ち消しなさったが。

せ給ひつれ。余《よ》の人は、いつかは知りたり顔にも宣ふものかな」と言へば、少将うち笑ひて、「ゆゆしき御物争ひかな。いかなる夜目《よめ》にもこそは、しるく侍るなれ。⑰御口清さよ。いかに兵衛佐殿《ひやうゑのすけどの》に、物あらがひのあるらむ。うしろめたさこそ」などたはぶれ給ひけるも、ただ姫君にこそと気色は見え給ひにけり。

少将殿、たびたび歌詠み給ひなどし給ひけり。

⑰ものの言い方が立派であること。

登場人物関係図

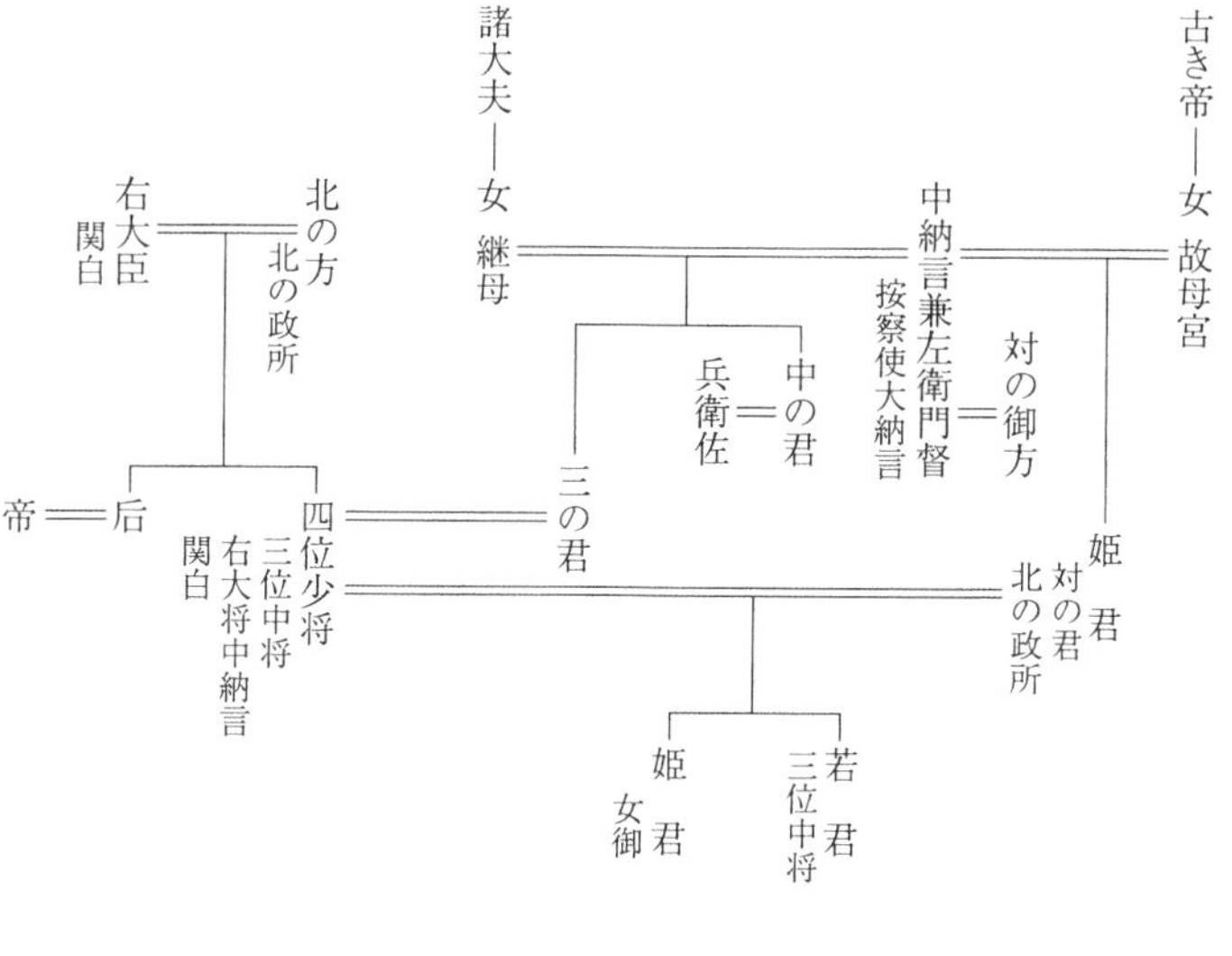

第十四講 軍記物芸能の展開

敦盛（幸若舞）◆あつもり（こうわかまい）

幸若舞は曲舞《くせまい》、舞々《まいまい》とも言われ、越前の桃井直詮（幸若丸）を祖とするとの伝承のある、舞を伴う語り物芸能。源義経をはじめ軍記物を扱う作品が大半で、中世・近世の武家等で広く愛好された。『敦盛』は一谷合戦において熊谷直実が平敦盛を討ったことに取材するが、その内容は、出家して蓮生法師となる熊谷の発心譚。本文は新日本古典文学大系（岩波書店）による。

去程《さるほど》に、熊谷①、よくよく見《み》てあれば、菩提《ぼだい》の心ぞ起《おこ》りける。「今②月十六日に、讃岐《さぬき》の八島を攻《せ》めらるべしと、聞てあり。我《われ》も人も、憂《う》き世《よ》に長《なが》らへて、かかる物憂《う》き目にも、又、直実《なをざね》や遇《あ》はずらめ。思へば、此世は常《つね》の住処《すみか》にあらず。草《くさ》葉に置《を》く白露《しらつゆ》、水に宿《やど》る月より猶《なほ》あやし。金谷《きんこく》に花《はな》を詠《ゑい》じ、栄花《ゑいぐわ》は先《さき》立て、無常《むじやう》の風に誘《さそ》はるる。南楼《なんらう》の月をもてあそぶ輩も、月に先立《さきだ》つて、有為《ゐ》の雲《くも》に隠《かく》れり。③人間《げん》五十年《ねん》、化天《けてん》の内《うち》を比《くら》ぶれば、夢幻《ゆめまぼろし》のごとくなり。一度生《しやう》を受《う》け、滅《めつ》せぬ物《もの》のあるべきか。これを菩提《ぼだい》の種《たね》と思《おも》ひ定《さだ》めざらんは、口惜《くちを》しかりき次第ぞ」と思《おも》ひ定《さだ》め、急《いそ》ぎ都《みやこ》に上《のぼ》りつつ、④敦盛《あつもり》の御首を見《み》れば、もの

①武蔵国大里郡の住人。『吾妻鏡』建久三年（一一九二）一一月二五日等は、所領争いも出家の因とする。
②元暦二年（一一八五）二月か。
③人間界の儚さを言う。『信長公記』首巻「今川義元討死の事」では桶狭間合戦前の織田信長について、「此の時、信長、敦盛の舞を遊ばし候。人間五十年、下天の内をくらぶれば、夢幻の

如くなり。一度生を得て、滅せぬ者のあるべきかとて、螺ふけ、具足よこせと、仰せられ、御物具めされ、たちながら御食を参り、御甲をめし候て、御出陣なさる」とある。

④修理大夫平経盛の子息敦盛。「平家物語」九「敦盛最期」等参照。

⑤現京都市左京区黒谷。金戒光明寺がある。

⑥浄土宗の祖。四十八巻伝「法然上人絵伝」等参照。

憂《う》さに、獄門《ごくもむ》よりも盗《ぬす》み取《と》り、我《わ》が宿《やど》に帰《かへ》り、御僧《そう》を供養《くやう》し、無常《むじやう》の煙《けぶり》となし申《まうす》。御骨《こつ》をつ取《と》り首《くび》に掛《か》け、昨日《きのふ》までも今日《けふ》までも、人《ひと》に弱気《よはげ》を見せじと、力《ちから》を添《そ》へし白真弓《しらまゆみ》、今は何にかせんとて、三つに切《き》り折《お》り、三本《ぼん》の卒都婆《そとば》と定《さだ》め、浄土《じやうど》の橋《はし》に渡《わた》し、宿《やど》を出《い》でて、⑤東山黒《ひがしやまくろ》谷に住《す》み給ふ⑥法然《ほうねん》上人を師匠《しやう》に頼《たの》み奉り、元結《もとひ》切《き》り、西《にし》へ投《な》げ、その名を引《ひ》き変《か》へて、蓮生房《れんじやうばう》と申《まうす》。花の袂《たもと》を墨染《すみぞめ》の、十市《とうち》の里《さと》の墨衣《すみごろも》、今《いま》きて見《み》るぞ由《よし》なき。かくなる事も誰《たれ》ゆへ、風《かぜ》にはもろき露《つゆ》の身と、消《き》えにし人のためなれば、恨《うら》みとは更《さら》に思《おも》はれず。

八島（謡曲）

◆やしま（ようきょく）

能（謡曲）は、南北朝時代に大和猿楽結崎座の観阿弥・世阿弥父子により大成された歌舞劇。当初は寺社の延年の芸能等に発したらしいが、曲舞の取り入れ、複式夢幻能形式の確立、風流能の創作等、時代の興趣に基づいて展開し、近世前期に至って古典劇化が進んだ。『八島』は世阿弥が確立した修羅能の作品の一つ。本文は新潮日本古典集成（新潮社）による。なお、「八島」と「通円」のゴシック体の本文は節（フシ）であり、その他の本文は詞（コトバ）である。

登場人物・構成・梗概
前シテ：漁翁（源義経化身）
前ツレ：漁夫
後シテ：源義経霊
ワキ・ワキ連：旅僧・従僧
アイ：所の男
1段：ワキとワキ連が西国行脚の途次八嶋の浦に到る
2段：前シテと前ツレが八嶋の浦の春の夕暮れを詠嘆
3段：ワキは一夜の宿を乞いシテは都懐かしさに涙する
4段：前シテはワキの求めに応じ屋島合戦について語る
5段：前シテは自らが義経であるとほのめかして消える
6段：アイが屋島合戦を語る
7段：ワキは夢に義経を待つ
8段：後シテが現れ修羅道に堕ちた因果や業を詠嘆
9段：後シテが義経を名乗り夢物語に自らの妄執を語る
10段：後シテが屋島合戦の義経の弓流しを語る
11段：後シテが屋島合戦と修羅道を語り春の夜が明ける

4段

〈問答〉　ワキ「いかに申し候　なにとやらん似合《ニア》はぬ所望《シヨモオ》にて候へども　この所は源平《ゲンペイ》の合戦《カセン》の巷《チマタ》と承り及びて候　夜《ヨ》もすがらその時のありさま語つておん聞かせ候へ

シテ「易《ヤス》き間《アイダ》のこと語つて聞かせ申し候ふべし

〈語リ〉　シテ「いで①その頃は元暦元年《ゲンリヤクガンネン》三月十八日《ガチニチ》のことなりしに　平家《ヘイケ》は海の面《オモテ》一町《チヨオ》ばかりに舟を浮《ウ》かめ　源氏《ゲンジ》はこの汀《ミギワ》にうち出《イ》で給ふ　大将軍《タイシヨオグン》のおん出立《ニデタチ》には　赤地《アカジ》の錦《ニシキ》の直垂《ヒタタレ》に　紫《ムラサキ》裾濃《スソゴ》のおん着背長《キセナガ》　鐙《アブミ》踏ん張《バ》り鞍笠《クラカサ》に突《ツ》つ立ち上《ア》がり　一院《イチイン》のおん使《ツカイ》　源氏《ゲンジ》の大将《タイシヨオ》検非違使《ケンビイシ》五位《ゴイ》の尉《ジヨオ》　源《ミナモト》の義経《ヨシツネ》と**「名《ナ》のり給ひしおん骨柄《コツガラ》　あつぱれ大将やと見えし　今《イマ》のやうに思ひ出《イ》でられて候**

〈掛ケ合〉　ツレ**「その時平家の方《カタ》よりも　言葉戦《コトバダタカ》ひ事終《コトオワ》り　兵船一艘《ヒヨオセンイツソオ》漕《コ》ぎ寄せて　波打《ナミウ》ち際《ギワ》に下《オ》り立つて**　陸《クガ》の敵《カタキ》を待ちかけしに

シテ「源氏の方《カタ》にも続く兵《ツワモノ》五十騎《ゴジツキ》ばかり　②中《ナカ》にも三保《ミオ》の谷《ヤ》の四郎《シロオ》と名のつて　真先《マツサキ》かけて見えしところに

ツレ**「平家の方《カタ》にも悪七《アクシチ》兵衛景清《ビヨオエカゲキヨ》と名のり　三保《ミオ》の谷《ヤ》を目がけ戦《タタカ》ひしに**

シテ「かの三保《ミオ》の谷《ヤ》はその時に　太刀《タチ》打《ウ》ち折つて力《チカラ》なく　少《スコ》し汀《ミギワ》に引き退《シリゾ》きしに

ツレ**「景清追《オ》つかけ三保の谷が**　シテ「着《キ》たる兜《カブト》の錣《シコロ》を摑《ツカ》んで

ツレ**「後《ウシロ》へ引けば三保の谷も**　シテ「身を遁《ノガ》れんと前《マエ》へ引く

ツレ**「互《タガイ》にえいやと**　シテ「引く力《チカラ》に

〈歌〉　地**「鉢附《ハチツケ》の板《イタ》より　引きちぎつて　左右《ソオ》へくわつとぞ退《ノ》きにける　これを御覧《ゴラン》じて**

判官《ホオガン》　お馬《ンマ》を汀《ミギワ》にうち寄せ給へば　佐藤嗣信《サトオツギノブ》　能登殿《ノトドノ》の矢先《ヤサキ》にかかつて　馬《ンマ》より下《シモ》にどう《オ》と落つれば　舟《フネ》には菊王《キクオオ》も討《ウ》たれければ　ともに　あはれと思《オボ》しけるか　舟《フネ》は沖《オキ》へ陸《クガ》は陣《ジン》へ　相引《アイヒ》きに引く潮《シオ》の　後《アト》は鬨《トキ》の声絶えて　磯《イソ》の波松風《マツカゼ》ばかりの　音淋《オトサミ》しくぞなりにける

10段　〔クリ〕　地「③忘れぬものを閻浮《エンブ》の故郷《コキョオ》に　去《サ》つて久《ヒサ》しき年波《トシナミ》の　よるの夢路《ユメジ》に通《カヨ》ひ来て　④修羅道《シュラドオ》のありさま現《アラ》はすなり

〔サシ〕　シテ「思ひぞ出づる昔《ムカシ》の春《ハル》　月も今宵《コヨイ》に冴《サ》えかへり　地「元《モト》の渚《ナギサ》はここなれや　源平《ゲンペイ》互《タガイ》に矢先《ヤサキ》を揃《ソロ》へ　舟を組《ク》み駒《コマ》を並《ナラ》べて　うち入《イ》れうち入れ足《アシ》なみに　くつばみを浸《ヒタ》して攻《セ》め戦《タタコオ》ふ

〔(掛ケ合)〕　シテ「その時何《ナニ》とかしたりけん　判官弓《ホオガンユミ》を取り落《オ》とし　波に揺《ユ》られて流れしに　地「その折《オリ》しもは引く潮《シオ》にて　遥《ハル》かに遠く流れ行くを　シテ「敵《カタキ》に弓を取られじと　駒《コマ》を波間《ナミマ》に泳《オヨ》がせて　敵船《テキセン》近くなりしほどに　地「敵《カタキ》はこれを見しよりも　舟を寄せ熊手《クマデ》に掛《カ》けて　すでに危《アヨオ》く見え給ひしに　シテ「されども熊手《クマデ》を切り払《ハラ》ひ　終《ツイ》に弓を取り返《カエ》し　元《モト》の渚《ナギサ》にうち上《ア》がれば

〔サシ〕　地「その時兼房《カネフサ》申すやう　口惜《クチオ》しのおん振舞《フルマイ》やな　渡辺《ワタナベ》にて景時《カゲトキ》が申ししもこれにてこそ候へ　たとひ千金《センキン》を延《ノ》べたるおん弓なりとも　おん命《ニノチ》には替《カ》へ給ふべきかと　涙を流し申しければ　判官《ホオガン》これを聞こしめし　いやとよ弓を惜《オ》しむにあらず

①屋島合戦の月日は『平家物語』一一「勝浦付大坂越」には「あくる十八日（元暦二年二月）の寅の刻に、讃岐国引田といふ処におりて、人馬の息をやすめける」とある。

②錣引の件は『平家物語』一一「弓流」参照。

③後シテは束の間現世に立ち戻り『平家物語』一一「嗣信最期」「弓流」に見える自らの合戦譚を語るが、それをも自らが今いる「修羅道のありさま」として語る。

④落花《ラッカ》枝に帰らず、破鏡《ハキョオ》ふたたび照らさず、しかれどもなお妄執の瞋恚《シンニ》とて、鬼神魂魄《キシンコンパク》の境《キョオ》界《ガイ》に帰り、われとこの身を苦しめて、修羅の巷に寄り来る波の、浅からざりし業因《ゴオイン》かな（八島8段）

〔クセ〕　地「義経源平《ヨシツネゲンペイ》に　弓矢《ユミヤ》を取って私《ワタクシ》なし　しかれども　佳名《カメイ》はいまだ半《ナカ》ばならず
さればこの弓を　敵《カタキ》に取られ義経は　小兵《コヒヨオ》なりと言はれんは《ナ》　無念《ムネン》の次第《シダイ》なるべし　よし
それゆゑに討《ウ》たれんは《ナ》　力《チカラ》なし義経が　運《ウン》の極《キワ》めと思ふべし　さらずは敵《カタキ》に渡さじとて
波に引かるるゆみとりの　名《ナ》は末代《マツダイ》にあらずやと　語り給へば兼房《カネフサ》　さてそのほかの人ま
でも　皆感涙《ミナカンルイ》を流しけり　シテ「⑤智者《チシヤ》は惑《マド》はず　地「勇者《ヨオシヤ》は懼《オソ》れずの　やたけごころの
梓弓《アズサユミ》　敵《カタキ》には取り伝《ツタ》へじと　惜《オ》しむは名のため　惜しまぬは一命《イチメイ》なれば　身を捨ててこ
そ⑥後記《コオキ》にも　佳名《カメイ》を留《トド》むべき　弓筆《ユミフデ》の跡《アト》なるべけれ

11段　〔詠〕　シテ「また修羅道《シュラドオ》のときの声　地「矢叫《ヤサケ》びの音震動《オトシンドオ》せり　〔⑦カケリ〕
〔□〕　シテ「今日《キヨオ》の修羅《シュラ》の敵《カタキ》は誰《タ》そ　なに能登《ノト》の守教経《カミノリツネ》とや　あらものものしや手並《テナ》みは
知りぬ　「⑧思ひぞ出《イ》づる壇《ダン》の浦《ウラ》の
〔中ノリ地〕　地「その舟戦《フナイクサ》今ははや　その舟戦今ははや　閻浮《エンブ》に帰る生《イ》き死《シ》にの　海山《ウミヤマ》
一同《イチドオ》に震動して　舟よりは鬨《トキ》の声《コエ》　シテ「陸《クガ》には波の楯《タテ》　地「月に白《シラ》むは　シテ「剣《ツルギ》
の光《ヒカリ》　地「潮《ウシオ》に映《ウツ》るは　シテ「兜《カブト》の星の影《カゲ》　地「⑨水《ミズ》や空《ソラ》　空行くもまた雲の波の
うち合ひ刺し違《チゴ》ふる　舟戦《フナイクサ》の駆《カ》け引き　浮き沈むとせしほどに　春の夜《ヨ》の波より明けて
敵《カタキ》と見えしはむれゐる鷗《カモメ》　鬨《トキ》の声と聞こえしは　浦風《ウラカゼ》なりけり高松の　浦風なりけり高松
の　朝嵐《アサアラシ》とぞなりにける

⑤「子曰、知者不レ惑、仁者不レ憂、勇者不レ懼」（論語・子罕）
⑥後世に伝わる名誉の記録。
⑦修羅道に堕ちた武士の苦しみや物狂いの心の興奮等を表す舞踊的所作で、動作・囃子の緩急が激しい。
⑧源平合戦最後の地、長門国豊浦郡（現山口県長門市）。後シテは屋島合戦譚と壇浦合戦譚とを一体視し、ここ屋島の地（現香川県高松市）で思い起こして語る。
⑨「水や空そらや水とも見え分かずかよひてすめる秋の夜の月」（続詞花集・秋上・読人不知）。「新後拾遺集」にも入集。

通円（狂言）◆つうえん（きょうげん）

狂言は南北朝時代に発生した科白劇で、滑稽性や諷刺性を含み、庶民の日常的な生活に取材した作品が多い。大蔵・和泉の現行二流に加え、明治期に廃絶した鷺流があった。能『翁』の三番叟を勤めたり能の間狂言を担当するなど、能との関わりは世阿弥の時代から深かった。『通円』は能『頼政』のパロディー。本文は日本古典文学大系（岩波書店）による。

旅僧「〔次第〕①**ぼろりとしたる往来の、ぼろりとしたる往来の、茶代《ちやが》はりのなきぞ悲しき、**〔地取《じどり》〕**悲しき。**これは東国方《とうごくがた》より出《い》でたる僧にて候《さふらふ》。我、いまだ都を見ず候ほどに、この度《たび》思ひ立ち都へ上り、洛陽《らくやう》の名所旧跡残る所なう見物仕《つかまつ》りて候。またこれより南都一見《なんといつけん》と志し候《そろ》。〔道行《みちゆき》〕**大水《おほみづ》の先《さき》に流るる橡殻《とちがら》も、先に流るる橡殻も、身を捨ててこそ浮かむなれ。我も身を捨て浮かまんと、やうやう急ぎ行くほどに、宇治橋《うぢはし》の橋の橋柱《はしばしら》の、擬宝珠《ぎぼし》のもとに着きにけり。**急ぎ候ほどに、これは、はや宇治橋のもとに着きて候。またこれなる茶屋を見れば、茶湯《ちやたう》を手向《たむ》け花を供《きよう》じ、由《よし》ありげに見えて候。如何様謂《いかさまいは》れのなきことは候まじ。所の人に尋ねばやと存ずる。所の人の渡り候か。

所の者「所の者とおん尋ねは、如何様《いかやう》なる御用にて候ぞ。

旅僧「これは、この所初めて一見の僧にて候が、これなる茶屋を見れば、茶湯を手向け花

シテ：通円（角頭巾通円十徳着流出立）
ワキ：東国の旅僧（能力頭巾水衣括袴出立）
アイ：所の者（長上下出立）
地謡・囃子入り（笛・小鼓・大鼓）

①全編が夢幻能「頼政」の形式・本文に沿った展開。「頼政」は「平家物語」四「橋合戦」、「宮御最期」を本説とする修羅能。

②伝不明だが現在も宇治橋の袂に通円茶屋がある。

③思ひよるべの波枕、思ひよるべの波枕、汀も近しこの庭の、扇の芝を片敷きて、夢の契りを

待たうよ、夢の契りを待たうよ（頼政6段）
④紅波《コオハ》楯を流し、白刃《ハクジン》骨を砕く、世をうぢがはのあじろの波、あら閻浮《エンブ》恋しや（頼政7段）
⑤泡沫《ウタカタ》の、あはれはかなき世の中に（頼政7段）
⑥今はなにをか包むべき、これは源三位頼政《ゲンザンミヨリマサ》、執心の波に浮き沈む、因果のありさま現はすなり（頼政9段）
⑦名のりもあへず三百余騎。銜《クツバミ》を揃へ川水に、少しもためらはず、群れゐる群ら鳥の翼を並ぶる、羽音もかくやとしらなみに、ざつざつとうち入れて、浮きぬ沈みぬ渡しけり。忠綱兵を下知《ゲジ》して曰はく。水の逆巻く所をば、岩ありと知るべし、弱き馬をば下手《シタデ》に立てて、強きに水を防がせよ、流れん武者には弓筈《ユハズ》を取らせ、互に力を合すべしと、ただ一人の下知によつて、さばかりの大河なれども、一騎も流れずこなたの岸に、喚《オメ》いて上がれば味方の勢は、われ

を供じ、由ありげに見えて候。如何様《いかさま》謂れのなきことは候まじ。教へて賜り候へ。

所の者「さん候《ざふらふ》。あれは古《いにしへ》この所に、②通円《つうゑん》と申す茶屋坊主の候ひしが、宇治橋供養の時、つひに茶を点死《たてじに》にせられて候。すなはち今日《こんにツた》は命日にて候間《あひだ》、ゆかりの人の手向けられたる茶湯にて候べし。お僧も逆縁ながら弔《とむら》うておん通りあれかしと存じ候。

旅僧「ねんごろに御教《おんのしえ》へ、祝着《しうちやく》申して候。さあらば逆縁ながら弔うて通らうずるにて候。

所の者「また御用のこと候はば、重ねて仰せ候へ。

旅僧「頼み候《さふらふ》べし。

所の者「心得申して候。

旅僧「〔待謡《まちうたい》〕③思ひ寄るべの茶屋の内、思ひ寄るべの茶屋の内、筵《むしろ》も古きこの床《とこ》に、破れ衣をかた敷きて、夢の契りを待たうよ、夢の契りを待たうよ。

通円「〔一声〕④大場《おほば》点《た》て飲まし、客人《きやくじん》胸にしむ。世を宇治川《うぢがは》の水汲《く》みて、アラ昆布《こんぶ》恋しや。⑤お茶方《ちやかた》の、あはれはかなき湯の中に、地謡「鑵子《くわんす》の鉉《つる》の熱きにも、通円「煮ゆる茶の湯は面白や。

旅僧「不思議やな、まどろむ枕《まくら》の上を見れば、柄杓《ひしやく》を腰に差し、影の如《ごと》くに見え給《たま》ふは、いかなる人にてましますぞ。

通円「今は⑥何《なに》をかつつむべき。これは古《いにしへ》宇治橋《うぢはし》供養の時、茶を点死《たてじに》にせし、通円《つうゑん》と言ひ

し茶屋坊主なり。

旅僧「さては通円にてましますかや。最期の有様《ありさま》語り給へ、跡を弔《と》うて参らせん。

通円「さあらば最期の有様語り候べし。跡を弔うて賜り候へ。〔語り〕さても、宇治橋の供養、今を半《なか》ばと見えしところに、都道者《みやこだうしや》とおぼしくて、通円が茶を飲み尽くさんと、⑦名乗りもあへず三百人、地謡「名乗りもあへず三百人、口脇《くちわき》を広げ茶を飲まんと、群れゐる旅人に大茶《おほぢや》を点《た》てんと、茶杓《さしやく》をおっ取り簸屑《ひくづ》ども、ちゃっちゃっと打ち入れて、浮きぬ沈みぬ点てかけたり。通円「通円下部《しもべ》を下知《げぢ》して曰《いは》く、地謡「水の逆巻《さかま》く所をば砂ありと知るべし、弱き者には柄杓を持たせ、強きに水を荷《にな》はせよ、流れん者には茶筅《ちやせんの》を持たせ、互ひに力を合はすべしと、ただ一人《いちにん》の下知によって、さばかりの大場なれども、一騎も残らず点てかけ点てかけ、穂先《ほさき》を揃《そろ》へてここを最期と点てかけたり。⑧さるほどに入《い》れ乱れ我も我もと飲むほどに、通円「通円が茶飲みつる、地謡「茶碗《ちやわん》・柄杓を打ち割れば、通円「⑨これまでと思ひて、地謡「これまでと思ひて、平等院《びやうどうゐん》の縁の下、これなる砂の上に、団扇《うちは》をうち敷き、衣脱ぎ捨て座を組みて、茶筅《の》を持ちながら、さすが名を得し通円が、⑩〔カケリ〕通円「⑪埋《うづ》み火《び》の、燃え立つことのなかりせば、湯のなき時は、泡も点てられず。地謡「⑫跡弔ひ給へおん聖《ひじり》、かりそめながらこれとても、茶生《ちやしやう》の種《たね》の縁に今、団扇の砂の草の陰に、茶《ちや》ち隠れ失《う》せにけり、跡茶ち隠れ失せにけり。

ながら踏みもためず、半町ばかり覚えず退《シサ》つて、切先を揃へて、今を最期と戦うたり（頼政10段）

⑧さるほどに入り乱れ、われもわれもと戦へば。頼政が頼みつる。兄弟の者も討たれければ（頼政11段）

⑨これまでと思ひて。これまでと思ひて、平等院の庭の面《オモ》、これなる芝の上に、扇をうち敷き、鎧脱ぎ捨て座を組みて、刀を抜きながら、さすが名を得しその身とて（頼政11段）

⑩能の〔カケリ〕を簡略化したもので、シテは囃子に合わせ団扇を持って舞う。

⑪埋れ木の、花咲くことも無かりしに、みのなる果ては、あはれなりけり（頼政11段）

⑫跡弔《ト》ひ給へおん僧よ、かりそめながらこれとても、他生《タショオ》の種《タネ》の縁に今、あふぎの芝の草の蔭に、帰るとて失せにけり、立ち帰るとて失せにけり（頼政11段）

第十五講

世阿弥の芸術論

風姿花伝《ふうしかでん》◆

能楽論。世阿弥著。第一年来稽古条々・第二物学条々・第三問答条々が応永七年（一四〇〇）にまとめられ、その後第四神儀云・（第五）奥義云・第六花修云・第七別紙口伝が書き継がれたらしい。具体的かつ実践的な能の演技・演出論書。別紙口伝は第一〜第三の条々に繋がる補足的内容で、時宜に叶う演技や演目の必要性を総説する上で、花の比喩が用いられている。本文は新編日本古典文学全集（小学館）による。

この口伝《くでん》に花を知る事。まづ、①仮令《けんりやう》、花の咲くを見て、よろづに花と譬《たと》へ始めし理《ことわり》をわきまふべし。

そもそも、花といふに、万木千草《ばんぼくせんさう》において、四季折節《をりふし》に咲くものなれば、その時を得てめづらしきゆゑに、もてあそぶなり。②申楽《さるがく》も、③人の心にめづらしきと知る所《ところ》、すなはち面白き心なり。花と面白きとめづらしきと、これ三《み》つは同じ心なり。いづれの花か散らで残るべき。散るゆゑによりて、咲く頃あればめづらしきなり。能も、住《ぢゆう》する所なきを、まづ花と知るべし。④住せずして、余《よ》の⑤風体《ふうてい》に移れば、めづらしきなり。

◆花伝第七・別紙口伝
①例えば。語調を整える。
②申楽は、田楽などに並ぶ芸能の一種の総称、猿楽の催し、猿楽の個別の演目、猿楽に従事する役者、等の意で用いられている。
③観客に新鮮さ、珍しさを覚えさせることが、人が面白いと感じる心に通ずるとして、花が咲き散ることに比えて述べる。

⑥ただし、様《やう》あり。めづらしきと言へばとて、世になき風体をし出《い》だすにてはあるべからず。⑦花伝《くわでん》に出だす所の条々《でうでう》を、ことごとく稽古し終りて、さて申楽《さるがく》をせん時に、その⑧物数《ものかず》を用々《ようよう》に従ひて取り出《い》だすべし。花と申すも、よろづの草木《くさき》において、いづれか四季折節《をりふし》の時の花の外《ほか》にめづらしき花のあるべき。そのごとくに、習ひ覚《おぼ》えつる品々《しなじな》を極《きは》めぬれば、⑨時《とき》折節の当世を心得て、時の人の好みの品《しな》によりてその風体《ふうてい》を取り出だす、これ、時の花の咲くを見んがごとし。花と申すも、去年《こぞ》咲きし種なり。能も、もと見し風体なれども、物数を極めぬれば、その数を尽くす程《ほど》久しし。久しくて見れば、まためづらしきなり。

その上、人の好みも色々にして、⑩音曲《おんぎよく》・振舞《ふるまひ》・物まね、所々《しよしよ》に変りてとりどりなれば、いづれの風体をも⑪残してはかなふまじきなり。しかれば、物数を極め尽くしたらん為手《して》は、初春《はつはる》の梅より、秋の菊の花の咲き果《は》つるまで、一年中の花の種を持ちたらんがごとし。いづれの花なりとも、人の望み、時によりて、取り出《い》だすべし。物数を極めずば、時によりて花を失ふ事あるべし。たとへば、春の花の頃過ぎて、夏草の花を賞翫《しやうくわん》せんずる時分《じぶん》に、春の花の風体ばかりを得たらん為手が、夏草の花はなくて、過ぎし春の花をまた持ちて出《い》でたらんは、⑫時の花に合ふべしや。これにて知るべし。

ただ、花は、見る人の心にめづらしきが花なり。⑬

④同じものばかりでなく別のものを演じ、観客の新鮮な感興を誘う戦略を説く。
⑤姿ありさまが原義で世阿弥は演技や演目をも言う。
⑥注意すべきことがあるとして、突飛な演技に走ることを戒め、数多くの演目を修得しておく必要を説く。
⑦年来稽古条々や物学条々に説くところを指すか。
⑧習得した演技や演目。
⑨時の流行や観客の求め。
⑩謡《うたい》、所作、役作りといった諸要素。
⑪役者自身が未習得の状態であっては。
⑫時々の観客の贔屓を得られるはずはない。
⑬以下、問答条々の再説、物学条々の詳説が続く。

花鏡《かきょう》◆

能楽論。世阿弥著。応永三一年（一四二四）の奥書があり、全一八箇条からなる。『花鏡』は観世宗家に伝わる資料から、世阿弥の子息十郎元雅に相伝されたと見られる。世阿弥の能楽論は、明治末期の歴史地理学者吉田東伍による世阿弥伝書の発見・刊行以来、その高度な芸術論や価値が広く知られることになった。本文は新編日本古典文学全集（小学館）による。

◆「奥段」の一節。
①あらゆる効能が発現する金言と言うべき一句。
②禅家に由来する言葉と見られているが、世阿弥は若者の未熟な芸や折々の初体験の意で用いている。
③当時の諺か。先人の失敗が後人の教訓となる意か。
④「前車覆、後車戒」（漢書等）。
⑤現在の己の芸位についての認識。この認識を重ねることが芸の退歩を退け、芸の向上を支え続けて行くのだという道理を説く。
⑥「功成り名遂げて身退くは天

しかれば、当流に①万能一徳《まんのういっとく》の一句《いっく》あり。
②初心《しょしん》不レ可レ忘《わするべからず》。
この句、三ケ条の口伝《くでん》あり。
是非《ぜひ》初心不レ可レ忘。時々《ときどき》初心不レ可レ忘。老後初心不レ可レ忘。
この三つ、よくよく口伝すべし。

一、是非初心を忘るべからずとは、若年《じゃくねん》の初心を忘れずして身に持ちてあれば、老後にさまざまの徳あり。「③前々《ぜんぜん》の非を知るを、後々《ごご》の是《ぜ》とす」と言へり。「④先車《せんしゃ》のくつがへす所、後車《ごしゃ》の戒《いまし》め」と云々《うんぬん》。初心を忘るるは、⑤後心《ごしん》をも忘るるにてあらずや。⑥功成《な》り名遂《と》ぐる所は、能の上《あ》がる果《くわ》なり。上《あ》がる所を忘るるは、初心《しょしん》へかへる心《こころ》をも知らず。初心へかへるは、能の下《さ》がる所なるべし。しかれば、今の位《くらゐ》を忘れじがために、初心を忘れじと工《く》

の道なり」（老子・運夷第九）。

⑦工夫をめぐらすこと。

⑧「風体」と同意。

⑨すべての「風体」の意。

⑩広い芸域を備える役者。

⑪能役者には己の芸や研鑽に停滞があってはならないということを言う。

夫《ふう》するなり。かへすがへす、初心を忘るれば初心へかへる理《ことわり》を、よくよく工夫すべし。初心を忘れずば、後心《ごしん》は正しかるべし。後心正しくば、上《あ》がる所の態《わざ》は下《さ》がる事あるべからず。これすなはち、是非《ぜひ》を分《わ》かつ道理なり。

また、若き人は、当時の芸曲の位をよくよく覚《おぼ》えて、「これは初心の分《ぶん》なり。なほなほ上《あ》がる重曲《ぢゆうきよく》を知らんがために、今の初心を忘れじ」と⑦拈弄《ねんろう》すべし。今の初心を忘るれば、上《あ》がる際《きは》をも知らぬによつて、能は上《あ》がらぬなり。さるほどに、若き人は、今の初心を忘るべからず。

一、時々《ときとき》の初心を忘るべからずとは、これは、初心より、年盛《としざか》りの頃、老後に至るまで、その時分《じぶん》時分の芸曲の、似合ひたる風体《ふうてい》をたしなみしは、時々《ときとき》の初心なり。されば、その時々の⑧風儀《ふうぎ》をし捨てし捨て忘るれば、今の当体《たうたい》の風儀をならでは身に持たず。過ぎし方《かた》の一体《いつてい》一体を、今《いま》当芸にみな一能曲《いちのうきよく》に持てば、⑨十体《じつてい》にわたりて、能数《のうかず》尽きず。その時々《ときとき》にありし風体《ふうてい》は、時々《ときとき》の初心なり。それを当芸に一度に持つは、時々の初心を忘れぬにてはなしや。さてこそ、⑩わたりたる為手《して》にてはあるべけれ。しかれば、時々の初心を忘るべからず。

一、老後の初心を忘るべからずとは、命には終《をは》りあり、能⑪には果《は》てあるべからず。その時分時分の一体《いつてい》一体を習《なら》ひわたりて、また老後の風体に似合ふ事を習ふは、老後の初心なり。老後初心なれば、前能《ぜんのう》を後心《ごしん》とす。⑫五十有余よりは、「せぬならでは手立《てだて》なし」と言へり。せぬならでは手立なきほどの大事《だいじ》を老後にせん事、初心にてはなしや。⑬

⑫「この頃よりは、大かた、せぬならでは手立あるまじ」（風姿花伝・第一年来稽古条々・五十有余）。

⑬以下、世阿弥は次の如く、生涯に渡り芸位を退歩させぬ精髄として、初心を忘れない重要性を説き、奥の段を閉じる。「さるほどに、一期初心を忘れずして過ぐれば、上がる位を入舞《いりまひ》にして、終《つひ》に能下がらず。しかれば、能の奥を見せずして生涯を暮らすを、当流の奥義《あふぎ》、子孫庭《てい》訓《きん》の秘伝とす。この心底《しんてい》を伝ふるを、初心重代相伝の芸安《げいあん》とす。初心を忘るれば、初心子孫に伝はるべからず。初心を忘れずして、初心を重代すべし。この外、学者《がくしゃ》の智《ち》によりて、また別の見所《けんじょ》あるべし」。

能舞台平面略図

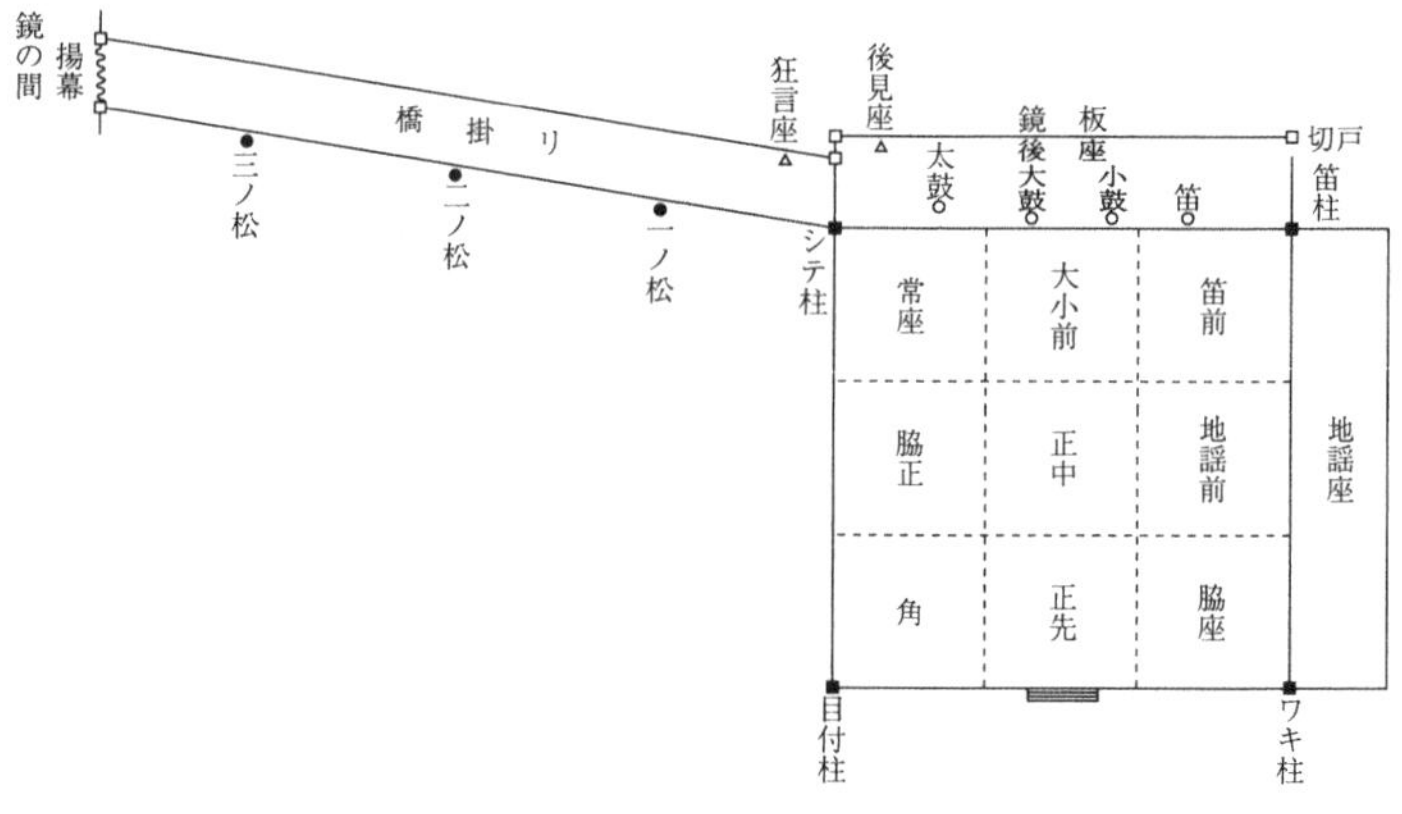

中世文学史年表

凡例

・本年表は中世文学に関わる事項を中心として抄出したものである。
・天皇、摂政・関白等の各欄の表示は、掲出年における状況を示すもので、即位や任官年ではない。
・南北朝時代における北朝方天皇および元号は、それぞれ下段に示した。
・社会的事項、人物没年の各欄に記した数字は月日を示す。閏月は［ ］で囲った。
・本年表作成に際し、岩佐美代子・松尾葦江氏他編『新選 中世の文学』（和泉書院）所収の年表等を参考にした。

西暦	年号	天皇	摂政・関白 将軍・執権	文学的事項	社会的事項	人物没年
一一五六	保元1	後白河	関白忠通		7・10保元の乱 7・23崇徳院讃岐配流	7・2鳥羽天皇（54）
一一五八	保元3	二条	関白基実	『袋草紙』この頃まで		
一一五九	平治1				12・9平治の乱	12・13信西（54）
一一六四	長寛2			九条兼実『玉葉』（～一二〇〇）	9平清盛厳島に「平家納経」を奉納	8・26崇徳天皇（46）
一一六五	永万1	六条	摂政基実			7・28二条天皇（23）
一一七〇	嘉応2	高倉	摂政基房	『今鏡』		
一一七七	治承1		関白基房	『隆房集』この頃	4・28京都大火（安元大火） 6・1鹿谷事件	6・20藤原清輔（74）
一一七八	治承2			『長秋詠藻』		
一一七九	治承3		関白基通	『宝物集』この頃	11平清盛、後白河法皇を鳥羽殿に幽閉	7・29平重盛（42）
一一八〇	治承4	安徳	摂政基通	『吾妻鏡』（～一二六六） 藤原定家『明月記』（～一二三五） 『宇治拾遺物語』これ以降か	4以仁王、平氏追討令旨を発す 6・2～11・26福原遷都 8・17源頼朝挙兵 9・7源義仲挙兵 12・28南都炎上	
一一八一	養和1			『鴨長明集』この頃か	養和の飢饉	1・14高倉天皇（21） ［2］・4平清盛（64）
一一八二	寿永1			11『月詣和歌集』		
一一八三	寿永2	安徳／後鳥羽	摂政師家		7・25平家都落 11・19法住寺合戦	
一一八四	元暦1		摂政基通		1・20源範頼、義経軍入京 2・7一谷合戦 10・20公文所・問注所設置	1・20源義仲（31） 2・7平忠度（41） 3？平維盛
一一八五	文治1	後鳥羽	摂政兼実	『梁塵秘抄』『梁塵秘抄口伝集』これ以前か	3・24壇浦合戦 11・12源義経追討の院宣 11・29守護地頭設置	3・24安徳天皇（8） 6・23平重衡（29）
一一八八	文治4			4・22『千載和歌集』奏覧		
一一八九	文治5					［4］・30源義経（31）
一一九〇	建久1			『山家集』『聞書集』『残集』これ以前 『松浦宮物語』この頃か	11源頼朝権大納言・右大将任官（12・3辞任）	2・16西行（73）
一一九二	建久3		関白兼実 将軍頼朝		7・12源頼朝征夷大将軍	3・13後白河天皇（66） 7・19藤原師長（55）
一一九三	建久4			『六百番歌合』	5・28曾我兄弟仇討	
一一九五	建久6			『水鏡』この頃か	3・12東大寺再建供養	
一一九六	建久7			『在明の別』この頃		
一一九七	建久8			7『古来風体抄』初撰本		
一一九九	正治1	土御門	将軍頼家			1・13源頼朝（53）
一二〇一	建仁1			『無名草子』この頃		1・25式子内親王（51）

西暦	年号	天皇	摂政・関白 将軍・執権	文学的事項	社会的事項	人物没年
一二〇三	建仁3		将軍実朝 執権時政	『千五百番歌合』この頃	11・23藤原俊成九十賀宴	8・6澄憲（78）
一二〇四	元久1			『蒙求和歌』	7・18源頼家暗殺	11・30藤原俊成（91）
一二〇五	元久2		執権義時	3・26『新古今和歌集』竟宴		2・27藤原隆信（64）
一二〇六	建永1			8・9後鳥羽院有心無心連歌		3・7藤原良経（38）
一二〇九	承元3			『近代秀歌』初撰本		
一二一二	建暦2	順徳		3『方丈記』		1・25法然（80）
一二一三	建保1			12・18『金槐和歌集』	11・8定家『万葉集』を源実朝に献ず	
一二一六	建保4			『無名抄』これ以前 『発心集』この頃か	6源実朝、渡宋を計画して造船するも翌年断念	1・6北条時政（78） [6]・8鴨長明（62）
一二一九	承久1			4『続古事談』 7・2『毎月抄』 『たまきはる』		1・27源実朝（28）
一二二〇	承久2			『愚管抄』		
一二二一	承久3	仲恭／後堀河		『詠歌大概』この頃 『住吉物語』現存本この頃か	5・14承久の乱　6六波羅探題設置　7・13後鳥羽院隠岐配流	3・11飛鳥井雅経（52）
一二二二	貞応1			『閑居友』		
一二二三	貞応2			『六代勝事記』 半井本『保元物語』これ以降 『海道記』この頃		
一二三〇	寛喜2		将軍頼経	慈光寺本『承久記』この頃		
一二三二	貞永1	四条		6『建礼門院右京大夫集』これ以降	8・10御成敗式目制定	1・19明恵（60）
一二三五	嘉禎1			3・12『新勅撰和歌集』清書本 5・27『小倉百人一首』		
一二三九	延応1			『後鳥羽院御口伝』これ以前		2・22後鳥羽天皇（60）
一二四一	仁治2					8・20藤原定家（80）
一二四二	仁治3	後嵯峨		『東関紀行』この頃か		9・12順徳天皇（46）
一二五一	建長3	後深草	執権時頼	10・27『続後撰和歌集』奏覧		
一二五二	建長4			10『十訓抄』	4皇族将軍、宗尊親王就任	
一二五四	建長6			10『古今著聞集』		
一二六五	文永2	亀山	執権政村	12・26『続古今和歌集』奏覧		藤原信実（89）この頃
一二七一	文永8		執権時宗	『風葉和歌集』		
一二七四	文永11	後宇多		『百練抄』この頃か	10文永の役、蒙古襲来	8・1宗尊親王（33）
一二七五	建治1					5・1藤原為家（75）
一二七八	弘安1			12・27『続拾遺和歌集』奏覧		
一二八二	弘安5			『十六夜日記』この頃		10・13日蓮（61）
一二八三	弘安6			『沙石集』この頃		4・8阿仏尼（60？）
一二八五	弘安8		執権貞時	『為兼卿和歌抄』この頃	11・17霜月騒動、安達泰盛敗死	

一三〇一	正安3		後二条		執権師時	『平治物語』この前後以降か		1・11飛鳥井雅有(61)
一三〇三	嘉元1					12・19『新後撰和歌集』奏覧		
一三〇四	嘉元2							7・16後深草天皇(62)
一三〇六	徳治1					『とはずがたり』この頃		
一三〇九	延慶2		花園		将軍守邦	延慶本『平家物語』		
一三一三	正和2				執権熙時	『玉葉和歌集』修整		
一三二〇	元応2		後醍醐		執権高時	7・25『続千載和歌集』返納		
一三二二	元亨2					8・16『元亨釈書』		9・10西園寺実兼(74)
一三二六	嘉暦1				執権貞時	3『続後拾遺和歌集』撰進か		
一三二八	嘉暦3				執権守時			7・17冷泉為相(66)
一三二九	元徳1					『徒然草』この頃		
一三三一	元弘1	元徳3		光厳			5元弘の変 9楠木正成挙兵	
一三三二	元弘2	正慶1					3・7後醍醐天皇隠岐配流	3・21京極為兼(79)
一三三三	元弘3	正慶2					5・22鎌倉幕府滅亡 6・5建武の新政	
一三三五	建武2				(執権不在)	8「二条河原落書」	7・22中先代の乱、後醍醐天皇の新政崩壊	
一三三六	延元1	建武3		光明	管領師直		11・7建武式目制定 12・21南北朝分立	5・25楠木正成
一三三八	延元3	暦応1			将軍尊氏	『増鏡』これ以降	8足利尊氏征夷大将軍	8・5二条為世(89)
一三三九	延元4	暦応2	後村上			『神皇正統記』初稿本		8・16後醍醐天皇(52)
一三四九	正平4	貞和5		崇光		『風雅和歌集』この頃までに終功 『梅松論』この頃か	2・10春日臨時祭に猿楽能・田楽能 6・11四条河原勧進田楽	
一三五一	正平6	観応2					10・24足利尊氏南朝に帰順	9・30夢窓疎石(77)
一三五二	正平7	文和1		後光厳			観応の擾乱終結 兼好(70?)生存	2・26足利直義(47)
一三五七	正平12	延文2				[7]・11『菟玖波集』準勅撰		
一三五九	正平14	延文4			将軍義詮	12・25『新千載和歌集』返納		
一三六二	正平17	貞治1				『河海抄』この頃		
一三六四	正平19	貞治3				12・13『新拾遺和歌集』返納		7・7光厳天皇(52) 10・27二条為明(70)
一三七一	建徳2	応安4	長慶	後円融	将軍義満	覚一本『平家物語』	醍醐寺勧進能	
一三七二	文中1	応安5				1『筑波問答』これ以前		3・13頓阿(84)
一三七七	天授3	永和3				永和本『太平記』		
一三八四	元中1	至徳1	後亀山	後小松		12『新後拾遺和歌集』返納		5・19観阿弥(52)
一三八八	元中5	嘉慶2						6・13二条良基(69)
一三九一	元中8	明徳2				『明徳記』この頃	明徳の乱	
一三九二	元中9	明徳3					南北朝合一	
一三九四	応永1				将軍義持		義満、興福寺で世阿弥の能を観覧	
一三九七	応永4						4・16義満、北山第(金閣)を造営	
一三九九	応永6						世阿弥、京一条竹ヶ鼻で勧進猿楽興行	
一四〇〇	応永7					4『風姿花伝』第一次完結		
一四〇五	応永12						明と勘合貿易始まる	4・5絶海中津(70)
一四〇八	応永15						3・8北山行幸、犬王らの能を観覧	5・6足利義満(51)

西暦	年号	天皇	摂政・関白 将軍・執権	文学的事項	社会的事項	人物没年
一四一一	応永18			満済『満済准后日記』(〜一四三五)		
一四一六	応永23	称光		伏見宮貞成『看聞御記』(〜一四四八)	世阿弥出家	
一四一八	応永25			7・18『なぐさめ草』		
一四二〇	応永27					8・28今川了俊(95)
一四二三	応永30		将軍義量	2・6『三道』		
一四二四	応永31			6『花鏡』	3・11狂言「公家人疲労ノ事」あり	
一四三〇	永享2	後花園	将軍義教	11『申楽談儀』		
一四三二	永享4				この頃土一揆・徳政一揆頻発	8・1観世元雅(32?)
一四三四	永享6			『弁慶物語』これ以前	5世阿弥佐渡配流	
一四三九	永享11			6・27『新続古今和歌集』返納	[1]上杉憲実、足利学校再興	
一四四一	嘉吉1			『嘉吉記』この頃	6・24嘉吉の乱	6・24足利義教(48)
一四四二	嘉吉2		将軍義勝		5越前幸若大夫の名初見	
一四四三	嘉吉3					8・8世阿弥(81)
一四四六	文安3		関白房嗣	『三国伝記』この頃		
一四四八	文安5		関白兼良		6・31宗砌、北野連歌会所奉行及び連歌宗匠	5・12智蘊
一四五二	享徳1		将軍義政	11『連歌初学抄』		2・1飛鳥井雅世(63)
一四五五	康正1			『六輪一露之記』		1・15宗砌(70?)
一四五九	長禄3					5・9正徹(79)
一四六三	寛正4			『ささめごと』		
一四六六	文正1	御土御門		『文正草子』これ以降	5宗祇、東国下向	
一四六七	応仁1			『鵜鷺合戦物語』この頃	5応仁の乱勃発	1・2音阿弥(70)
一四六八	応仁2			4・29『ひとりごと』		金春禅竹(64?)この頃
一四七一	文明3			『老のくりごと』	1・28東常縁、宗祇に古今伝授	
一四七二	文明4			12『花鳥余情』 『古今和歌集両度聞書』		
一四七三	文明5		将軍義尚	『草根集』 『藤河の記』		
一四七五	文明7			『浄瑠璃御前物語』これ以前		4・12心敬(70)
一四七六	文明8			5・23『竹林抄』 『連珠合璧集』これ以前		3・20専順(66)
一四八〇	文明12			『七十一番職人歌合』この頃		5・2桃井直詮(78?)
一四八一	文明13			『東斎随筆』これ以前		4・2一条兼良(80) 11・21一休宗純(88)
一四八七	長享1				宗祇、三条西実隆に古今伝授	太田道灌(55)
一四八八	長享2			1・22『水無瀬三吟』	3・28宗祇、北野連歌会所奉行・宗匠	
一四八九	延徳1				12・18兼載、北野連歌会所奉行・宗匠	3・26足利義熙(25)
一四九一	延徳3		将軍義稙	10・20『湯山三吟』		1・7足利義視(53)

一四九四	明応3		将軍義澄			東常縁(84)この頃
一四九五	明応4			9・26『新撰菟玖波集』奏覧		
一四九九	明応8			2・10『竹馬狂吟集』		3・25蓮如(85)
一五〇二	文亀2	後柏原		『宗祇終焉記』		7・30宗祇(82)
一五一〇	永正7		将軍義稙	『兼載雑談』		6・6兼載(59?)
一五一二	永正9			『体源抄』この頃		
一五一八	永正15			8『閑吟集』		
一五二三	大永3		将軍義晴	『碧玉集』 『応仁記』一巻本この頃		9・21冷泉政為(79)
一五二六	大永6			『柏玉集』		4・7後柏原天皇(63)
一五二七	大永7	御奈良		山科言継『言継卿記』(~一五七六)		4・4肖柏(85)
一五三二	天文1			『犬筑波集』この頃		3・6宗長(85)
一五三六	天文5			『再昌草』 三条西実隆『実隆公記』(一四七四~)		
一五三七	天文6			『雪玉集』		10・3三条西実隆(83)
一五三九	天文8			太山寺本『曾我物語』		山崎宗鑑(89?)この頃
一五四〇	天文9			10『守武千句』		
一五四六	天文15		将軍義輝	妙本寺本『曾我物語』		
一五四九	天文18				7・3フランシスコ・ザビエル来日	8・8荒木田守武(77)
一五六三	永禄6	正親町			永禄年中、琉球より三味線伝来	12・2三条西公条(77)
一五七一	元亀2		将軍義昭		9・12織田信長、比叡山延暦寺を焼打ち	6・14毛利元就(75)
一五七二	元亀3				12三条西実枝、細川幽斎に古今伝授	
一五七三	天正1				7足利義昭追放され、室町幕府滅亡	4・12武田信玄(53)
一五七八	天正6		関白兼孝	『天正狂言本』		3・13上杉謙信(49)
一五七九	天正7					1・24三条西実枝(69)
一五八二	天正10		関白内基	『信長公記』これ以降	1天正遣欧使節 6・2本能寺の変	6・2織田信長(49)
一五九二	文禄1	後陽成	関白秀次	キリシタン版『平家物語』刊行	3文禄の役	
一五九三	文禄2			『隆達小歌集』 キリシタン版『伊曾保物語』刊行	この頃活字印刷法伝来、木活字版出る	
一五九五	文禄4			『謡抄』編纂開始		7・15豊臣秀次(28)
一五九八	慶長3		(関白不在)	『岷江入楚』		8・18豊臣秀吉(63)
一五九九	慶長4			『宗安小歌集』これ以後		
一六〇〇	慶長5		関白兼孝		9・15関ヶ原の戦 細川幽斎、智仁親王に古今伝授	
一六〇二	慶長7			『耳底記』この頃		4・12里村紹巴(79)

◎編者◎
小井土　守敏（こいど　もりとし）
大妻女子大学教授
担当：第5・7・8・11・12・13講

平藤　幸（ひらふじ　さち）
文部科学省教科書調査官
担当：第1・2・4・6・9・10講

岩城　賢太郎（いわぎ　けんたろう）
武蔵野大学准教授
担当：第3・4・7・14・15講　中世文学史年表

中世文学十五講

発行日	2011年4月14日　初版第一刷 2021年3月3日　初版第三刷
編　者	小井土　守敏 平藤　幸 岩城　賢太郎
発行人	今井　肇
発行所	翰林書房
	〒151-0071 東京都渋谷区本町1-4-16
	電話　(03)6276-0633
	FAX　(03)6276-0634
	http://www.kanrin.co.jp/
	Eメール●Kanrin@nifty.com
装　釘	島津デザイン事務所
印刷・製本	メデューム

落丁・乱丁本はお取替えいたします

ISBN978-4-87737-314-6